La vie en Abondance

Loi n°49-956 du 16 juillet 1949 sur les publications destinées à la jeunesse.

© 2025, Floriane Gallois, pour le texte

© 2025, Nella, pour les illustrations

Édition : BoD - Books on Demand, 31 avenue Saint-Rémy, 57600 Forbach, bod@bod.fr
Impression : Libri Plureos GmbH, Friedensallee 273, 22763 Hamburg (Allemagne)
ISBN : 978-2-3224-6225-4

Dépôt légal: janvier 2025

« *Tu ne peux pas voyager sur un chemin,
sans être toi-même le chemin.* »

Bouddha

PARTIE I

LA NOUVELLE CREATION

Chapitre I
L'histoire d'Abondance

Il y avait un royaume si beau et grandiose qu'on l'appelait Abondance. Abondance était rempli de maisons toutes aussi somptueuses les unes que les autres. Avec leurs façades couleur citron encadrées de dorures, le prestige et la richesse des lieux était évident. Le royaume n'avait cessé jusque-là de s'agrandir pour accueillir de nouveaux habitants, emplis de joie et de fierté à l'idée de s'installer dans cet endroit qui recevait tant d'éloges. Depuis quelques temps néanmoins, le roi refusait de nouveaux arrivants afin d'assurer les meilleurs conditions de vie à ses sujets. Car Paon était un homme fier, un homme qui aimait acheter ou créer de nouveaux objets de toutes pièces, et ceci, uniquement pour son propre plaisir. Lui seul possédait tous les nuages du ciel et, lorsque vous détenez tous les nuages, votre pouvoir devient quasiment infini.

À l'inverse de son père, sa fille Uma avait la tête hors des nuages. C'était une grande rêveuse. D'ailleurs, le roi devait souvent lui rappeler d'utiliser ses nuages autant que possible. *Montre-leur toutes les richesses dont tu disposes, ainsi, ils percevront la puissance de mon Abondance*, ajoutait-il régulièrement.

Ce jour-là, Paon peaufinait les préparatifs de la toute nouvelle création qu'il inaugurerait le lendemain, lors de la cérémonie du Paon. Le mouvement silencieux de la porte ne sortit pas le roi de ses pensées. Quand il se trouvait dans la salle des Créations, rien ne pouvait le perturber. Et, comme à chaque fois, Uma n'osait pas l'interpeler. Elle entrait discrètement, sous-pesant chacun de ses pas pour les rendre les plus aériens possible. Elle observait son père déambuler devant l'immense étendue vitrée de la pièce. Mais aujourd'hui, Uma s'approcha. Lentement, sa main hésitante se posa sur l'épaule du roi :

– Papa, peux-tu me raconter l'histoire du royaume ?

En réalité, elle l'avait déjà entendue maintes fois. Mais la fierté de son père était si intense lorsqu'il se remémorait cette histoire qu'il accepta volontiers de s'arrêter quelques minutes afin de vanter ce qu'il estimait être sa plus grande réalisation.

La jeune fille y voyait là un moyen de passer du temps avec son père, même si cela impliquait que ce moment soit aussi bref que la disponibilité qu'il lui accordait. Aussi se

contentait-elle d'écouter une énième fois son récit.

Le roi mit en pause sa création. Il se tourna vers Uma et s'installa sur son fauteuil de velours bleu ciel et commença.

*
**

Avant qu'il ne l'achète, Abondance n'était qu'un morceau de terre sans valeur. Seules quelques forêts à la végétation luxuriante et quelques points d'eau l'habillait.

Les mémoires de cette époque racontent que bon nombre d'animaux trouvaient refuge sur cette terre : de la plus petite créature qui travaillait et retournait le sol, au félin terrifiant les autres espèces qui y habitaient. Au milieu de cette contrée sauvage se trouvaient quelques hommes qui avaient choisi d'y établir leur demeure. Ces hommes-là devaient être fort courageux, voire audacieux pour choisir de vivre dans cet endroit si imprévisible et hostile en tentant de braver chaque jour la nature. Ils avaient, en guise de logis, bâti des murs à l'aide de planches d'un bois solide et précieux, découpées dans de majestueux Seshams. De grandes feuilles de bananiers jonchaient le sol de l'unique pièce de la demeure.

Ce petit peuple vivait au jour le jour, avec ce que la forêt lui offrait.

Heureusement pour eux, tout ce désordre fut vite remis en place par le roi. De voir ce morceau de terre si broussailleux et sa végétation si abondante, Paon fut pris d'un curieux sentiment, un étonnant mélange de fureur et de panique : comment pouvait-on accepter de laisser une terre dans cet état ? Il était de son devoir de la faire sienne pour la remettre en ordre.

Finalement, il prit une longue inspiration face à la vision qui s'offrait à lui. Et, alors qu'il s'apprêtait à initier les grands changements qui allaient faire d'Abondance la cité florissante qu'elle était désormais devenue, il vit une fumée grise qui s'échappait de la forêt, accompagnée d'une douce lumière. Paon observa avec étonnement cette lueur qui perçait l'obscurité. *Quel étrange éclairage, en plein milieu de cette broussaille...* pensa-t-il.

D'un pas assuré, accompagné de sa fierté et de ses innombrables nuages, il se dirigea au cœur de la forêt, en direction de cette lumière qui scintillait.

Le chemin fut rude pour Paon. Entre ces plantes qui semblaient tomber tout droit du ciel et ces animaux qui l'attendaient en lui jetant des regards à chaque pas, la détermination du roi faillit l'abandonner. Mais il ne se laissa pas impressionner. Il sortit son couteau - outil qui l'accompagnait partout pour le protéger d'éventuelles attaques - et se mit à couper chaque plante se dressant sur son passage.

Paon arriva près de la lumière qu'il avait aperçue un peu plus tôt et se trouva nez à nez avec quatre êtres rassemblés autour d'un feu. Quel ne fut pas son choc lorsqu'il vit ces humains – en était-ce vraiment ? – rire, accroupis autour de ce brasier. Comment trouvaient-ils le moyen de rire au vu de leur condition ? Leurs cheveux étaient d'une teinte rare, d'un bleu rappelant le ciel étoilé. Ils étaient vêtus de pantalons semblables aux couleurs de la terre, qui couvraient leurs jambes, sans doute pour se protéger des piqûres d'insectes. Leurs torses, eux, étaient nus. Paon les fixa, stupéfait de découvrir que des humains osaient s'habiller de la sorte : n'avaient-ils aucune fierté pour porter de tels haillons ?

Ils semblaient former une famille. Le roi aperçut derrière eux une sorte de tente, construite de troncs d'arbres avec de larges feuilles en guise de toit. Surprise de voir cet inconnu qui se dressait devant eux, la famille se figea, restant là à le regarder. Il allait devoir négocier pour les faire sortir coûte que coûte de ce pays désastreux. Il devait remettre en ordre cette terre qu'il savait prometteuse.

De sa poche, d'un mouvement de main leste, le roi sortit quatre nuages cotonneux. Les parents et leurs deux enfants se levèrent puis se précipitèrent vers ces joyaux que tenait Paon entre ses mains. C'était la première fois qu'ils voyaient des nuages d'aussi près. Ils semblaient si moelleux, si beaux ! Le futur roi leur dit alors ces paroles :

– Voyez-vous, mes pauvres gens, ces nuages ne représentent qu'une infime partie des nuages et de la richesse que je possède. Si vous les acceptez, je pourrais transformer votre terre et vous permettre de ne plus jamais craindre que le temps ne choisisse pour vous d'avoir chaud ou froid, ou ne vous empêche de manger et cultiver vos ressources. Vous ne serez plus jamais inquiets et vous aurez tout ce dont vous avez besoin, même plus ! Je permettrai à votre terre de perdurer aussi longtemps que ces nuages seront là. Vous serez protégés et, avec eux, tout ce que vous souhaitez sera possible. Vous ne manquerez plus jamais de rien.

La famille hésita longuement et prit le temps d'échanger. Ils n'avaient pas toujours de quoi se nourrir et parfois, c'est vrai, la pluie était si intense qu'elle inondait leur foyer, les empêchant de dormir plusieurs jours durant et noyant leurs récoltes. Après tout, tenter valait mieux que redouter et regretter.

Ils acceptèrent ces quatre nuages.

Paon, triomphant, fit ce qu'il avait promis. Il rasa tous ces arbres encombrants, qui n'ajoutaient que du désordre et de la saleté à cette terre, chassa les animaux et assécha les cours d'eau qui l'habitaient.

Grâce aux quatre nuages offerts par le roi, la famille

put vivre dans une magnifique maison. Construite tout en hauteur, ses innombrables fenêtres inondaient de lumière chacune des pièces. La maison elle-même se divisait en deux habitations. La première, celle des enfants se trouvait au deuxième étage. Celle des parents, au rez-de-chaussée.

Elles se rejoignaient par une grande pièce centrale accessible par une échelle, une corde et des escaliers car chacun avait imaginé et créé ses accès à l'intérieur.

Le couple inventa un immense lit, aussi confortable et duveteux que les nuages offerts par le roi. Les murs de leurs pièces, remplis de nuages dorés, leur rappelaient ce qui les avaient menés ici. Quant aux enfants, ils se bâtirent une immense chambre avec deux lits flottants avec une large pièce dans laquelle ils pouvaient courir, sauter de nuage en nuage et même nager librement.

Ils se rejoignaient dans la grande pièce centrale pour les moments de repas et de jeux. C'était une pièce à l'image des quatre membres de la famille : chaleureuse, pleine de vie et d'espoir. Les enfants pouvaient partager leur journée avec leurs parents et eux, en échange, proposaient des jeux et des activités à faire en famille.

Il n'avaient plus à se préoccuper de chasser ou de préparer le repas. La nourriture leur était offerte grâce aux nuages qui leur permettaient de choisir leur menu.

Ils ne manquaient plus de rien.

Très vite, la famille prit goût à cette maison. Ils s'y

sentaient tellement bien qu'ils n'en sortirent pratiquement plus. Chaque matin, chacun se levait quand il le souhaitait. Les enfants jouaient dans la maison qui leur était réservée ; entre courses marines, sauts aériens et peintures aux couleurs infinies – et même fluorescente – , ils pouvaient inventer et jouer à tout ce qu'ils désiraient. Les parents aussi avaient leurs loisirs mais ils préféraient de loin planifier et préparer l'activité familiale organisée chaque après-midi pour retrouver leurs enfants. Ils dînaient puis veillaient ensemble, comme ils en avaient l'habitude auparavant, autour de douces lumières flottantes installées dans la pièce de vie. C'était pour eux l'occasion de se rappeler d'où ils venaient, la chance qu'ils avaient eue de rencontrer le roi, d'obtenir cette maison et surtout ces nuages.

Mais, au fur et à mesure que les mois passèrent, le temps leur parut plus long. Il semblait s'être étiré pour leur offrir des journées plus lentes.

Le réveil était difficile.

Leurs corps lourds et nonchalants peinaient à sortir du lit. Leurs idées paraissaient les avoir abandonnés si bien que les nuages ne leur semblaient plus d'aucune utilité : ils ne savaient plus quoi inventer pour s'occuper. Et si l'ennui s'était emparé d'eux ?

Ils se réunirent dans la pièce centrale. Chacun prit place pour former un cercle en-dessous des lumières flottantes. Le

constat était le même pour tous : pour la première fois, ils s'ennuyaient bel et bien.

En observant les illuminations se balancer légèrement au-dessus de leur tête, l'un des enfants eut une idée :

— Et si on imaginait un objet pour nous raconter des histoires ? demanda le jeune garçon.

— Oui ! approuva vivement sa petite sœur. Un objet qui nous raconterait des histoires drôles pour nous faire rire tout le temps !

— Des histoires ? C'est une bonne idée ! Par contre, je doute que nos nuages soient suffisants pour créer un tel objet, n'est-ce pas chéri ?

L'homme acquiesça en s'empressant d'ajouter :

— Et si nous allions voir le roi Paon pour lui parler de notre idée ? renchérit le père. Peut-être qu'il pourra nous aider.

Ils arrivèrent devant le château du roi Paon. Du haut de la colline, il surplombait Abondance. La famille avança dans la grande allée entourée de statues. Elles semblaient représenter les objets précieux qu'affectionnait le roi : des vases, des couronnes, des nuages, la lune et le soleil, des sceptres… Devant l'entrée, sculptées dans du diamant, les poignées étaient ornées de nuages d'une rare brillance. Le père, inspirant profondément, frappa de trois coups la porte. Les enfants et les parents se jetèrent un regard encourageant.

Le roi avait été généreux en leur permettant de vivre dans cette grande maison, il les écouterait sûrement.

Après quelques minutes, un homme vint leur ouvrir. Il était grand et maigre. Il semblait avoir vécu déjà plusieurs vies d'après les rides qui habillaient son visage. Il portait une veste et un pantalon en velours bleu marine, ornés de nuages argentés. Avec son menton tout droit levé, d'un signe de main lent mais précis, il invita la famille à le suivre.

– Le roi est en haut. Suivez-moi, je vous emmène dans la pièce des Créations.

Le vieil homme leur emboîtait le pas. Malgré son âge avancé, son corps et ses gestes paraissaient bien assurés. De petits nuages flottaient au-dessus de la grande pièce principale et traçaient un chemin le long de grands escaliers dorés. Ils montèrent les marches en admirant le ciel brillant qui se dressait sous leurs yeux. Arrivés en haut, ils s'arrêtèrent devant deux immenses portes. Le vieil homme frappa pour indiquer leur présence. Soudain, la voix du roi Paon retentit au loin :

– Merci Albert, vous pouvez disposer. Entrez braves gens ! Je vous attendais ! déclara-t-il de manière enjouée.

Ils ouvrirent la porte et n'en crurent pas leurs yeux. La pièce était si grande que le roi semblait si loin. De forme circulaire, tapissée de moquette bleu marine et surplombée d'une coupole qui représentait les constellations de la voûte

céleste, la pièce marquait sans nul doute les pouvoirs de Paon. Elle était très lumineuse grâce à ses murs de verre. Le roi avait une vue imprenable sur Abondance. Il invita la famille à avancer. Ce qu'ils firent, non sans gêne.

Lorsqu'ils se trouvèrent devant le roi, celui-ci se leva et, leur faisant signe d'avancer près de la cloison vitrée, leur déclara :

– Reconnaissez-vous votre maison ? Elle est splendide, n'est-ce pas ? Je me suis inspiré de votre imagination pour créer de ce côté-ci de nouvelles maisons, dans l'espoir que d'autres personnes viennent s'installer dans ma ville. Cette pièce des Créations me permet d'avoir une vue magnifique sur Abondance et elle m'inspire !

Il s'arrêta quelques secondes, l'air pensif et la main posée sur son menton.

– Une question me taraude cependant. Il me manque quelque chose. Quelque chose qui me permettrait d'attirer de nouvelles personnes au royaume... Il continuait ses interrogations comme s'il avait oublié la famille, leur tournant le dos. Comment les attirer ici ?

Puis, comme s'il se réveillait en sursaut, il s'adressa à la eux :

– Votre installation dans votre nouvelle demeure s'est-elle déroulée comme vous le souhaitiez ?

Il est vrai que le roi Paon n'avait jamais pris le temps de

venir leur rendre visite depuis, trop occupé dans ses nouveaux projets.

– Oui, c'est parfait. Merci, Monseigneur Paon. Nous avons tout ce dont nous avons besoin, et même plus encore. Nous n'espérions pas tant, répondit timidement la mère.

– Oui, nous avons une immense maison où nous pouvons créer toutes sortes d'activités ! ajouta le petit garçon.

– … Mais, en discutant tous les quatre,…

La famille se regarda un instant.

– Oui, continuez, commençait à s'agacer le roi.

– Eh bien, nous avons pensé à une nouvelle activité, une activité que seul vous et vos pouvoirs pourraient créer, dit le père en tentant de flatter le roi pour le convaincre. Nous sommes gênés de vous demander cela après tout ce que vous avez fait pour nous…

Il fit une courte pause pour déglutir puis se reprit :

– Cela répondra peut-être à la question que vous vous posiez tout à l'heure… Nous avons pensé à utiliser un grand nuage pour créer des histoires. Elles seraient dans une boite et choisies par vous pour nous divertir !

*
**

– Et c'est ainsi que la première boîte à Histoire-Défilante a été installée dans leur pièce centrale. C'est un joli nom, n'est-ce pas ? J'en suis plutôt fier ! La première était magnifique : rectangulaire, ornée de dorures rappelant les nuages le long de ses bords, elle ressemblait à un immense miroir ! La boîte à Histoire-Défilante a très vite été adoptée par la famille. Ils ne comptaient plus le temps passé devant cet immense nuage à regarder les histoires que je leur proposais. Chaque jour, j'en ajoutais de nouvelles, toutes plus drôles les unes que les autres. La nouvelle de cette Histoire-Défilante s'est vite répandue et le royaume a vu beaucoup de personnes affluer jusqu'à ses terres pour y vivre. Si bien que de six, nous sommes devenus un millier puis d'un millier…
– … dix milliers, compléta Uma, sans grand entrain.
– Exactement ! Certains sont venus de loin pour vivre dans la ville de l'Histoire-Défilante ! Et pour les remercier de s'installer dans ma ville, j'offrais une Histoire-Défilante pour chaque foyer. Abondance est vite devenu le plus grand des royaumes.
Il se coupa un instant et ajouta :
– Allez, va te préparer maintenant et va t'amuser comme bon te semble ma chère fille. Il me reste encore beaucoup de choses à créer pour la cérémonie ! Je n'ai plus de temps à perdre !

Le roi s'était levé de son doux fauteuil. Il tournait de nouveau le dos à Uma. Une fois de plus, elle se retrouva seule, face à la porte close de la pièce des Créations.

Elle ne se doutait pas que sa quatorzième cérémonie allait bouleverser le destin d'Abondance, et le sien.

Chapitre 2
Le jour de la cérémonie

Comme tous les jours, Uma coiffa ses cheveux couleur émeraude de sa barrette blanche habituelle, en forme de nuage – une barrette qu'elle devait porter depuis son plus jeune âge. Elle tenait cette jolie chevelure de sa mère, d'après son père. Sa mère était morte lorsqu'elle était tout bébé ; une maladie incurable l'avait emportée. Les nuages peuvent faire beaucoup mais ils ne soignent et ne guérissent pas des maladies.

Elle enfila à la hâte sa robe blanche préférée et ses sandales usées par la marche. Avant de sortir, elle n'oublia pas d'ajuster son sac en bandoulière favori dans lequel elle mettait le pendentif créé par son père afin de lui rappeler l'heu-

-re et prolonger les activités qu'elle souhaitait continuer. Aujourd'hui était un grand jour et Uma se devait d'être ponctuelle.

Après une dizaine de minutes de marche, Uma se sentait soulagée d'arriver dans sa boutique favorite. Le calme et la simplicité qui se dégageaient de cet endroit étaient sans doute ce qu'elle préférait dans cette échoppe discrète. Lorsqu'elle avait besoin de se réfugier, loin du faste du royaume de son père, c'était à la Tanière Enchantée qu'elle se rendait. C'était une boutique étroite nichée entre Les Chapeaux Infinis et Les Folles Glaces, deux des plus immenses boutiques d'Abondance. Elles connaissaient un succès grandissant ces derniers temps, sans que Uma ne comprenne réellement pourquoi. Soutenue par deux troncs d'arbres encore robustes, la Tanière Enchantée se démarquait de toutes les autres boutiques par son aspect sobre, presque délabré. Les passants, lorsqu'ils prêtaient attention à cet endroit, affichaient une expression de tristesse – et même de répugnance pour les plus sévères – face à ces arbres qu'ils considéraient comme insalubres et d'une rare laideur. C'est ainsi qu'on les leur avait montrés. Ils leur rappelaient leur ancien habitat qu'ils avaient voulu quitter pour plus de confort. On trouvait dans la Tanière Enchantée des objets peu communs, des objets d'un temps ancien, fabriqués à partir des arbres, qui contenaient des savoirs oubliés. Les signes qui se suivaient sur leurs feuillets

ne racontaient plus d'histoires depuis longtemps : le roi Paon les avait défendus, et les habitants les avaient tous jetés. Face à l'infinité de loisirs proposés à Abondance, les nouveaux arrivants n'en voyaient rapidement plus l'utilité et avaient fini par les oublier.

La Tanière Enchantée restait le seul établissement à proposer toutes sortes d'ouvrages : aussi bien des livres reliés aux pages de bambou fines et jaunies par le temps, que de petits feuillets attachés rapidement par une pince métallique. Aucun habitant, excepté Uma, ne s'était aventuré dans la boutique. Chaque livre présent devenait un secret à préserver du roi. Uma n'osait pas penser à ce qu'il pourrait advenir de cet endroit, si son père venait à en découvrir l'existence.

Longeant l'unique allée de la boutique, Uma finit par mettre la main sur son livre préféré : *Voyage au cœur de la Forêt Émeraude.* C'était de loin son livre remède, celui dans lequel elle se plongeait pour réchauffer son cœur et l'apaiser lors des moments de doute. Il racontait l'histoire d'une jeune femme en fuite arrivée dans la Forêt Émeraude, une forêt où jamais personne n'avait osé s'aventurer. Uma se plongeait dans cet univers verdoyant que lui proposait le livre, dont elle connaissait les moindres recoins. Elle s'était même surprise à rêver d'y habiter… Mais cet endroit n'existait pas. Du moins, pas dans la réalité. Seul son esprit lui permettait d'y vivre quelques minutes, quelques heures, le temps de chasser l'ennui de son esprit qu'elle n'arrivait pas à combler.

Karan arriva et la sortit de ses pensées. Sa silhouette svelte, sa tunique beige et froissée assortie à son pantalon ocre lui donnaient une allure décontractée. Il était le seul ami d'Uma, celui avec qui elle pouvait partager ses pensées en confiance.

Uma l'avait rencontré alors qu'elle déambulait en observant la ville sans savoir dans quelle boutique entrer. Elle avait aperçu cette échoppe à laquelle personne ne prêtait attention, camouflée par les centaines de pas qui défilaient devant son entrée. Curieuse, elle avait franchi la porte de la Tanière Enchantée où Karan, recevant son tout premier client, l'avait accueillie avec une sympathie déconcertante, une sympathie à laquelle elle n'était pas habituée. Depuis, Uma et lui se réfugiaient ici régulièrement, loin de l'agitation d'Abondance. Nichés au premier étage de la librairie, le plancher grinçant accompagnait leurs lectures et les débats qu'elles amenaient.

Karan connaissait par cœur les livres de sa boutique. Chaque livre de son rayon était nettoyé avec soin. Il ne laissait pas la poussière s'installer. Peu importe le temps qu'il y passait tant que ses livres reluisaient, car chacun était pour lui un trésor unique à chérir : son histoire, son écriture, sa fabrication, ses finitions... Car toutes les étapes de la création de ces objets avaient une histoire personnelle à lui raconter et lui transmettre.

Il se devait de préserver chacun d'eux.

— Uma ! Je me doutais que tu passerais par ici avant la cérémonie. Prête à découvrir ce que nous réserve ton père ?

— Oh, m'en parle pas, soupira-t-elle en éloignant les mèches de cheveux rebelles qui lui cachaient le visage. Chaque année, c'est la même chose.

— À une chose près... On va encore découvrir une nouvelle boutique cette année ! ironisa Karan.

— Je ne vois pas ce qu'il pourrait offrir de plus divertissant qui ne soit pas déjà à Abondance, déclara-t-elle, résignée.

— Je suis sûr qu'il va trouver encore de quoi nous impressionner cette année, tu vas voir !

Le roi Paon avait décidé d'inaugurer un nouveau lieu de loisirs à chaque cérémonie. Aucune boutique ne voyait le jour sans sa création. Lui seul les imaginait, les créait et les ouvrait. Les habitants qui le souhaitaient se présentaient ensuite au château pour postuler dans l'endroit de leur choix. L'année précédente, le roi avait créé la boutique Les Folles Glaces suite aux chaleurs de plus en plus importantes à Abondance. Le peuple manquait d'un endroit original et public où pouvoir se désaltérer. Ainsi, le roi Paon avait créé cette boutique où chacun pouvait commander, personnaliser et acheter la glace de son choix pour se rafraîchir.

Il y avait tous les parfums imaginables ; du plus simple pour les habitants préférant la sécurité au plus original pour

ceux qui souhaitaient prendre des risques. La glace était spécialement créée sur demande par un nuage installé dans la boutique, face aux habitants. Les clients pouvaient en choisir la quantité et même la forme.

Les Folles Glaces rencontraient depuis leur ouverture un franc succès auprès de tous les habitants... Tous, sauf Uma et Karan. Ils y voyaient néanmoins un avantage : ce commerce faisait encore plus d'ombre à la Tanière Enchantée et les deux amis n'en étaient pas attristés. Ils étaient même soulagés que la librairie puisse exister discrètement entre ces deux grandes boutiques car le calme qui y régnait était un repos qu'ils ne trouvaient jamais ailleurs.

Uma regarda son pendentif. Il ne restait plus que quatre heures avant que la cérémonie du Paon ne débute. Elle choisit de sortir dans le royaume afin de se changer les idées avant l'événement. Karan et elle se retrouveraient à la cérémonie.

À peine sortie, alors qu'elle se tenait devant la porte de la Tanière Enchantée, le portrait de la ville qui s'offrait à elle la mettait mal à l'aise. Ces pas qui ne s'arrêtaient jamais, ses différentes musiques et lumières des boutiques ne laissaient aucune place au repos les habitants dans cette effervescence permanente. Les nuages des boutiques étaient toujours en action. Ses sens en ébullition, Uma voulait retourner au calme pour apaiser ses pensées. Elle n'avait plus l'habitude de se promener dans Abondance. Ces derniers temps, elle avait

priviliégié sa chambre et ses lectures, fatiguée des faux sourires et salutations des habitants lorsqu'elle croisait leur chemin.

Aujourd'hui, la météo était plus clémente. Le soleil était doux et chaleureux. Le roi Paon choisissait le temps qu'il ferait dans le royaume, tous les mois. Hier, comme quatre jours par mois, la journée avait été rythmée par des averses prévues et annoncées par le monarque. Profitant de ce temps dégagé, Uma décida de prendre le temps de flâner dans l'avenue des Innovations. Toutes les rues du royaume se faufilaient silencieusement pour rejoindre l'avenue principale d'Abondance. Ainsi, la rue des Plaisirs, la rue des Loisirs et la rue Détente étaient les troisièmes plus grandes rues après cette imposante avenue. Encore un peu plus timides, les rues Passe-Temps et Fête se faisaient discrètes, amassant néanmoins un peu plus de curieux chaque jour.

Uma observait toutes ces boutiques aux mille promesses : Les Folles Glaces promettaient de rafraîchir les habitants tout en respectant leur personnalité et en s'y adaptant, les Chapeaux Infinis affirmaient que chaque tête pouvait se coiffer de centaines de chapeaux pourvu que ceux-ci lui soient assortis et Les Tissus Défilants, ouverte récemment, garantissait un habillement parfaitement harmonieux pour draper la boîte à Histoire-Défilante et chacune de ses nouvelles histoires. Cette boutique attisa sa

Son père avait fait tant d'éloges sur Les Tissus Défilants avant de lui ordonner de s'y rendre dès qu'elle le pourrait. *Il est inadmissible pour la fille du roi de ne pas avoir mis les pieds dans toutes mes boutiques !* Uma chassa les paroles désagréables de son père de son esprit. À reculons mais décidée à en découdre rapidement, elle franchit le seuil de la boutique.

Elle n'avait jamais vu un endroit si chargé ! Sur sa gauche, la totalité des Histoires-Défilantes ayant été présentées depuis la création de la boîte à Histoire-Défilante se tenait devant elle. Empilées les unes sur les autres dans de petites boites plates et rectangulaires, les histoires étaient marquées d'un petit nuage blanc sur le flanc.

– Uma, cela fait longtemps que l'on ne vous a pas vue sortir !

Une vendeuse se tenait joyeusement devant Uma. Elle ne connaissait pas l'adolescente mais semblait être au fait de ses allées et venues. Après tout, elle était la fille du roi Paon, grâce à qui tout cela était possible, comme le clamaient tous les habitants avec fierté devant le souverain et sa fille.

Une décharge électrique monta doucement de son estomac à sa poitrine pour s'installer dans ses poumons. Uma respira lentement pour ne pas perdre la face. Sans se préoccuper davantage de son interlocutrice, la vendeuse continua :

– C'est simple. Pour trouver l'Histoire-Défilante qu'il

vous faut, vous devez tout simplement appuyer sur ce petit nuage et l'extrait de l'Histoire-Défilante apparaîtra immédiatement ! Toutes les histoires sont rangées des plus anciennes aux plus récentes et existent en une infinité d'exemplaires, expliqua fièrement la vendeuse.

Postée devant Uma tel un poteau rectiligne, le sourire qu'elle arborait lui semblait forcé et insistant. Elle attendait une réponse de la part de la jeune fille... Qui se sentit forcée de l'aiguiller.

— Avez- vous l'Histoire-Défilante du nuage qui voulait se faire des amis ? Je ne me souviens plus du titre...
— Vous voulez parler de *Nuage Gris* ? Bien sûr ! Elle marcha rapidement devant les étals et en sortit une boite habillée de petits nuages gris. La voici !

La vendeuse appuya rapidement sur le petit nuage blanc de la boîte. Uma aperçut les premières images de ce nuage isolé cherchant sa place. Cette Histoire-Défilante était l'histoire qu'elle avait le plus regardée étant petite. Elle lui rappelait tant de souvenirs. Lorsque Uma se sentait seule dans le château de son père, c'est cette Histoire-Défilante qui lui avait tenu compagnie. Elle rêvait à ce courageux nuage qui affrontait de nombreux dangers afin de quitter sa solitude pour se faire des amis.

Sur sa droite, deux immenses étagères encadraient chaque côté du mur. Il y avait tant de tissus qu'on ne voyait

plus de quelle couleur étaient les meubles. Ces tissus servaient, disait la boutique, à habiller la boîte à Histoire-Défilante de la plus belle des façons pour mettre en valeur l'histoire regardée. On pouvait y trouver des tissus plus ou moins épais, plus ou moins transparents, plus ou moins colorés. *Pourquoi pas*, songea Uma qui ne comprenait pas tout à fait l'intérêt de changer de tissu à chaque Histoire-Défilante. Pourtant, presque tous les habitants qui avaient eu le temps d'entrer dans la boutique s'étaient procuré au moins deux tissus. Sûrement afin d'en changer pour ne pas se lasser du textile ou pour les exhiber devant d'éventuels invités.

    D'un pas irrésolu, Uma s'approcha des tissus. Chacun d'eux était rangé de manière très symétrique. Les boites recouvrant le tissu semblaient aussi lisses et droites que celles permettant de ranger les Histoires-Défilantes. Pas un tissu ni une boite ne dépassait. Tout était ordonné, impeccable et pensé pour mettre en valeur chaque pièce. La vendeuse, qui l'avait suivie discrètement, l'interpela de nouveau :

    – Chaque tissu est fait pour UNE Histoire-Défilante ! Et mon travail est de trouver celui qui s'accordera à merveille avec la vôtre et vous-même ! Observez bien...

    Elle s'arrêta brusquement. Ses yeux pétillaient et balayaient chacune des boites à la vitesse de l'éclair, comme si elle était en pleine recherche d'indices pour résoudre une enquête.

— Un tissu souple mais ferme, robuste, brillant et élégant tout en simplicité et discrétion... J'ai le tissu p-a-r-f-a-i-t qui sera assorti à *Nuage Gris* ! Le tissu Éphémeraude. Nous lui avons donné ce nom en lien avec sa couleur émeraude mais aussi à l'espoir qu'il évoque. Êtes-vous satisfaite de ce choix ? l'interrogea fièrement la vendeuse.

— Eh bien, euh oui je crois... Enfin, je n'aurais pas fait mieux ! ajouta Uma en se forçant à esquisser un sourire pour rassurer la vendeuse sur son choix.

La commerçante invita Uma à la suivre en caisse pour payer ses achats. Elle sortit de son sac son nuage : cinq gouttelettes d'eau pour le tissu et l'Histoire-Défilante.

Elle rangea avec précaution les boites dans son sac et sortit.

Lorsqu'elle allait acheter des objets ou lorsqu'elle faisait une activité, elle avait l'habitude de ressentir un sentiment de satisfaction et de joie. Maintenant, elle pouvait faire une quinzaine d'activités dans la journée sans parvenir à retrouver ce sentiment.

À la place, un poids lui écrasait un peu plus la poitrine, laissant à chaque fois un vide grandir en elle sans qu'elle ne sache l'expliquer. Chacune de ses visites dans Abondance creusait un gouffre qu'elle n'arrivait pas à remplir.

Malgré tous les achats et les loisirs à sa disposition, ceux-ci ne compensaient pas les doutes qui l'assaillaient.

Ce tissu était-il vraiment nécessaire ? Et pourquoi mon esprit semble-t-il entortillé ? Et elle se sentait encore plus seule et bizarre. Elle aurait dû apprécier la chance qu'elle avait de pouvoir profiter infiniment des boutiques. Était-elle devenue capricieuse ?

Plus le temps de penser. Son pendentif lui rappelait qu'il ne restait plus que deux heures avant la Cérémonie du Paon. Uma se rendit rapidement dans la petite allée qui jouxtait l'avenue principale : la rue Détente. C'était une allée qu'elle connaissait bien et où elle aimait se rendre lorsque son esprit était envahi de questionnements sans réponse ou de réponses dont elle ne voulait pas. Elle flânait, plus légère, dans cette rue dont les boutiques flottaient à quelques centimètres du sol. Sa préférée, et de loin, était le centre SpaCiel.

Il était composé de quatre étages, chacun ayant sa spécialité détente. Uma fut accueillie chaleureusement par le personnel, comme à chaque fois. Elle se rendit au troisième étage, celui des bains chauds. Par chance, personne n'était encore là et Uma choisit le bain turquoise. Tous les bains étaient de couleurs différentes pour apporter un moment privilégié à chacun. Une personne se tenait à côté de chacun des bains pour ajuster la température, la couleur et la texture de l'eau aux demandes des clients. Uma se dévêtit et entra dans l'eau. Son bain avait été préparé comme d'habitude : une

eau bleu foncé, tiède et remplie de bulles. Elle s'assit paisiblement pendant de longues minutes.

Finalement, son corps alourdi finit par lui rappeler qu'elle n'était pas à son aise par de légers picotements. Et une fois de plus, comme aux Tissus Défilants, Uma ressentit un malaise indicible.

Elle sortit son pendentif pour regarder l'heure. Une heure ! C'est ce qu'il lui restait pour rentrer au château et se préparer avant la cérémonie ! La jeune fille se rhabilla en hâte, oubliant de se sécher, et sortit de cette boutique qui avait été autrefois son refuge préféré, après la Tanière Enchantée.

À vive allure, elle traversa la rue des Plaisirs puis rejoignit l'avenue des Innovations où elle manqua plusieurs fois de tomber face aux habitants qui se ruaient, seuls, aux Tissus Défilants et dans le reste des boutiques. Enfin, haletante, elle rejoignit l'allée principale du château. Albert lui fit signe que son père l'attendait dans la salle du trône.

Uma entra discrètement et avança vers le roi Paon qui faisait les cent pas en face d'elle. Il semblait excité et rempli de joie et ne remarqua pas les cheveux humides de sa fille qui mouillaient le sol.

– Ah, ma chère fille ! Tu es enfin là ! Je t'attendais avec impatience. La cérémonie va bientôt commencer et je devais à tout prix te partager la nouvelle boutique que je souhaite inaugurer cette année !

— Et qu'est-ce-que tu as imaginé cette fois ? Un nuage en libre-accès pour que chacun puisse sauter, danser dessus ? Ah, non ! Il en existe déjà un. Le débit de sa voix s'accélérait. Peut-être un immeuble si haut qu'on ne verrait plus son sommet pour découvrir en avant-première des Histoires-Défilantes dans le ciel ? Oh, ça aussi, ça existe déjà ! Alors, dis-moi, qu'est-ce que ça sera cette année ?

Le roi, décontenancé par la réaction de sa fille, mais reprenant une posture digne du monarque qu'il était, s'empressa de répondre :

— Enfin, Uma! Je pensais que tu serais heureuse que je partage cette nouvelle avec toi en premier, comme à chaque fois ! Tu n'as pas envie de découvrir la surprise que je vous réserve ?

— Si, si papa… Mais, cette année… Ton idée, je ne sais pas… En quoi fera-t-elle la différence parmi tout ce qui existe déjà ? Est-ce qu'il n'y en a pas déjà assez ?

Le roi, vexé des doutes qu'émettait sa fille à son sujet et surtout au sujet de sa créativité, tenta de la rassurer :

— Crois-moi, ma chérie, elle fera la différence ! C'est la meilleure idée qui me soit venue depuis la création d'Abondance ! Nous n'en aurons jamais assez. Mon imagination et ma volonté sont infinies ! Allez viens, allons nous préparer pour la cérémonie. Il reste

peu de temps. Tu te sentiras mieux lorsque tu découvriras ce que nous allons inaugurer, je t'assure, ma chère fille !

Et le roi Paon s'en alla. Tant pis, Uma découvrirait son idée en même temps que les habitants et, après tout, ça n'était pas plus mal. Son père aurait sûrement perçu sa déception alors que, pendant la cérémonie, il se concentrerait sur la réaction des habitants qui l'encourageraient aveuglément.

Uma recoiffa rapidement ses cheveux hérissés par l'humidité du bain turquoise, défroissa ses vêtements et inspira longuement pour tenter de faire disparaître la boule au ventre qui l'accompagnait depuis le début de la journée. La cérémonie du Paon allait bientôt commencer. Elle se devait d'être prête.

39

Chapitre 3
La cérémonie du Paon

Tous les habitants étaient réunis autour de l'imposante statue du Paon qui surplombait la place, derrière le château. Elle se tenait sur un socle de marbre, aussi robuste qu'esthétique, choisi minutieusement par le roi. Il avait souhaité représenter cette statue à l'image de son pouvoir : un paon majestueux faisant la roue, dévoilant une à une ses jolies plumes. La statue était d'une beauté à couper le souffle. Scintillant de toute part, elle illuminait la place entière d'un jeu de lumières sublime. Tantôt turquoise ou bleu roi, ponctué de vert émeraude, le plumage de l'animal paraissait prendre vie à chaque rayon de soleil qui venait le caresser. Le paon dominait Abondance comme la lune coiffe le ciel devenu sombre.

Cette sculpture avait été imaginée par le roi Paon alors qu'Abondance devenait de plus en plus attrayante. Le roi voulait un symbole fort pour son royaume mais aussi

un objet dans lequel il puisse placer une partie de son pouvoir en sécurité. De cette manière, le royaume pourrait perdurer après lui grâce à Uma qui détiendrait les clés de son usage au moment venu.

Il y avait peu d'ombre cette année. Il faisait chaud. Le roi avait tenté malgré tout de choisir, comme à chaque cérémonie, la météo la plus propice à l'événement : un soleil éclatant, un brin de vent pour rafraîchir la place et les habitants. Ils se rassemblaient chaque année, impatients et curieux à l'idée de découvrir ce que le roi leur avait concocté. Uma, se tenant devant la statue, observait la scène avec morosité. Les habitants, tous tournés vers la statue et elle, attendaient impatiemment l'arrivée du souverain. Uma se sentait mal à l'aise face à leurs regards émerveillés, presque naïfs. Les chuchotements s'accentuèrent lorsque le claquement des souliers du roi retentit et se rapprocha de la statue. Le moment tant attendu était arrivé.

L'entrée du roi donnait le ton à la cérémonie : une ambiance assurée et étincelante. Lorsqu'il se trouva face à la statue, le roi Paon se retourna vers les habitants du royaume. Il ajusta sa ceinture ornée de nuages pour l'occasion et se racla la gorge en direction d'Albert. Celui-ci lui tendit un petit sac en velours bleu ciel dans lequel tenait l'entièreté du sujet de la cérémonie… La foule haletait. Le monarque prit le sac et le leva en l'air, au-dessus de lui :

– Mes chers habitants, nous voici rassemblés ici comme chaque année pour la cérémonie du Paon. Une cérémonie que vous attendez tous avec beaucoup d'impatience, n'est-ce pas ?

Le peuple applaudissait chaleureusement pendant qu'Uma tentait de maintenir un sourire forcé face à la foule. Les habitants étaient tellement absorbés par le sac de velours qu'ils ne la voyaient pas. Et ce n'était pas plus mal pour elle. Son père, excité à l'idée de dévoiler sa nouvelle création, maintenait la surprise.

–… C'est simple, on peut trouver de tout en Abondance ! Il n'y a qu'à l'imaginer… Et le créer ! Alors, sans plus tarder, je vais vous révéler l'objet de notre cérémonie, la raison de votre venue…

Toujours le bras en l'air, le roi fit signe à Albert de s'approcher. Le majordome reprit le sac pour l'ouvrir et, d'un geste lent et assuré, le roi sortit l'objet tant attendu… D'apparence simple et de forme nuageuse, son contenu tenait à lui seul dans une main, étincelant. Tous le regardaient avec des yeux remplis d'espoir et de joie même s'ils ne comprenaient pas encore de quoi il s'agissait.

Le roi reprit, malicieusement :

– Je suppose que vous vous demandez tous de quoi il s'agit…

Il marqua une pause pour garder encore le suspense autour de sa création puis continua :

– C'est un objet unique au monde, le tout premier qui soit. Je l'ai appelé l'Absorbe-Tête ! Ne vous fiez pas à sa petite taille, il est capable de grandes choses ! L'Absorbe-Tête vous permettra de tout faire. Absolument tout ! Vous n'aurez plus à vous déplacer pour lire sur les nouvelles d'Abondance ou échanger entre vous ! Tout viendra à vous !

Tous applaudirent en chœur, ravis de cette nouvelle invention qui allait faire grandir Abondance.

– Ce petit nuage révolutionnera Abondance. Les Absorbe-Tête vous permettront de capturer des images, d'écrire à votre place afin d'échanger entre vous, selon votre personnalité, votre humeur et celle que l'Aborbe-Tête de l'autre décèlera chez la personne avec qui vous échangerez. Vous n'aurez plus à vous préoccuper de trop penser; l'Absorbe-Tête le fera pour vous ! N'est-ce pas merveilleux ? Ils seront accueillis dans une immense boutique de l'avenue des Innovations. J'ai dédié une place de choix à ces petits nuages de poche pour qu'ils puissent chacun vous accompagner au plus vite !

Les applaudissements retentirent de nouveau. La foule, conquise, admirait le roi. Pendant que Paon décrivait la future boutique Aux Mille Absorbe-Tête qui accueillerait sa création, les habitants commençaient à imaginer ce qu'ils pourraient faire avec leur futur Absorbe-Tête.

Le roi, pressentant le succès de sa création, ajouta :

– Et ce n'est pas tout ! Son utilisation sera infinie ! Lorsque vous vous en servirez, chaque goutelette utilisée sera renvoyée à votre Absorbe-Tête par d'immenses nuages au-dessus du château dont le rôle sera de s'assurer du bon état de votre Nuage-Partage. En plus d'écrire pour vous, ce petit nuage pourra vous aider à vous soigner en ciblant ce qui ne va pas, dessiner ce que votre tête a imaginé...

Et pendant que le roi Paon continuait d'énumérer les possibilités infinies de sa nouvelle création, la boule au ventre d'Uma prenait de plus en plus de place.

Elle l'oppressait.

Elle avait l'impression qu'elle allait l'écraser à tout instant.

Face aux déclarations de son père, et à l'enthousiasme collectif dont elle était témoin, elle se sentait encore plus seule. Seule devant cette foule de gens buvant les paroles du roi, seule devant ces sourires pleins d'espoir pour rendre la vie à Abondance encore plus belle. Pourquoi n'arrivait-elle pas à s'en réjouir comme les autres habitants ? Ce petit nuage avait l'air parfait ! Il allait faciliter davantage la vie et l'esprit des habitants. Alors, pourquoi ce poids dans son ventre l'empêchait d'apprécier cet instant comme le reste du peuple d'Abondance ?

Parmi tous ces éclats de joie et cet engouement

général, Uma voulait plus que tout échanger avec Karan sur cette cérémonie. Elle se sentait hors de cet événement, hors de toute cette foule avide de nouveautés et exaltée devant chaque parole du roi.

Balayant rapidement du regard la place avant de partir, Uma finit par poser ses yeux sur son ami qui levait discrètement son bras pour qu'elle le voie. Il était resté au fond de la foule. Elle s'extirpa le plus rapidement possible du groupe devant lequel elle se trouvait.

Lorsqu'elle l'eut finalement rejoint, le roi n'avait rien remarqué, trop occupé à présenter l'Absorbe-Tête et répondre aux questions de son auditoire.

– Enfin ! J'ai cru que l'on n'arriverait pas à se retrouver cette fois ! Quelle drôle de cérémonie... commença Uma. Je ne m'attendais pas à ça ! Comment fait-il pour aller chercher toutes ces idées ?!

– Cette fois, ton père veut aller encore plus loin dans ses innovations, on dirait. L'Absorbe-Tête... Les habitants ont l'air de mettre beaucoup d'espoir dans cette nouvelle création. Je me demande ce qu'elle va apporter à Abondance.

Uma remarqua l'inquiétude de Karan. Il avait toujours cette habitude de se gratter la tête lorsqu'il était en plein doute. Elle ne savait pas vraiment quoi lui répondre, elle aussi ressentait cette inquiétude qu'aucune autre personne ne semblait éprouver. Paradoxalement, elle se sentait rassurée de ne pas être la seule à sauter aveuglément de joie en pensant aux inventions sans fin de son père.

— Cet Absorbe-Tête me semble différent de tout ce qu'il a créé et imaginé jusque-là… C'est plus poussé. Les nuages vont être très sollicités.

Alors qu'Uma entrait à peine dans la salle à manger, le roi l'attendait déjà à table. Elle était installée, le repas servi. Les plats disposés étaient un indicateur intéressant de l'état du roi. Des assiettes garnies, assorties et placées entre la place d'Uma et la sienne : le roi était définitivement d'une excellente humeur.

— Quelle belle cérémonie aujourd'hui, ma chère Uma ! Le peuple a accueilli ma nouvelle invention avec beaucoup de joie et de curiosité ! Leurs applaudissements étaient si vigoureux, si enjoués !

Uma s'apprêtait à lui répondre mais il était si euphorique qu'il continua sans attendre de réponse de sa part.

— L'Absorbe-Tête sera une véritable réussite pour Abondance, j'en suis sûr ! Il va changer toute notre manière de vivre !

— Comment ça, papa ? ajouta Uma, dont l'inquiétude grandissait.

– Vois-tu, j'ai imaginé l'Absorbe-Tête comme un puissant objet de communication entre tous les habitants sans qu'on perde de temps…

– Mais, il y a tellement de loisirs proposés à Abondance que les habitants ne prennent plus le temps de se parler ! rétorqua Uma, laissant son exaspération prendre le dessus. Elle fit une pause, hésitante à continuer puis prit une inspiration et continua.

– Comment tu comptes le mettre en place ?

– Au contraire ! L'Absorbe-Tête accompagnera les habitants au quotidien ! Il leur apportera compagnie, partage, découverte et facilitera leurs journées. Il leur permettra de se parler encore plus facilement ! Grâce à sa puissance, il révolutionnera notre manière de vivre, comme personne n'y a pensé auparavant ! C'est incroyable, non ?

– Je ne suis pas sûre que ça puisse fonctionner. Les nuages vont être trop sollicités ! Tu y as pensé ?

Uma ne put retenir son inquiétude. Celle-ci se traduisit sous forme de colère, plus qu'elle ne l'aurait voulu.

– Posséder les nuages ne te permet pas de tout révolutionner et tout décider pour tout le monde ! Qui te dit que j'ai envie de l'utiliser ?

Le roi Paon se figea. Son enthousiasme venait de laisser place à une fureur qu'Uma n'avait encore jamais

connue. D'un pas rapide, il avança vers Uma et lança d'un ton menaçant :

— Que tu le veuilles ou non, tu représentes mon royaume et mes créations ! Tu auras un Absorbe-Tête comme chaque habitant et tu l'utiliseras pour leur montrer comment il les accompagnera ! Maintenant, finis ton repas et je ne veux plus entendre un mot à ce sujet !

Le cœur d'Uma battait si fort qu'elle ne réussit à entendre rien d'autre du reste du repas. Elle ne voulait pas croiser le regard de son père, cet homme si préoccupé par ses inventions qu'il ne lui prêtait aucune importance, ni à elle, ni à ses sentiments. Une fois son assiette terminée, elle quitta la table précipitamment pour s'enfermer dans sa chambre.

L'adolescente s'installa dans son recoin favori : le rebord de sa fenêtre. De là, elle avait vue sur tout le royaume et ses limites. Elle aimait à imaginer ce qui se trouvait au-delà de ces murs. Mais ce soir, sa colère mêlée à l'inquiétude empêchait son esprit de rêver à toute évasion. Pendant que ses pensées se bousculaient par centaines, finissant par la figer, un léger scintillement de l'autre côté de sa fenêtre la stoppa.

Uma ouvrit délicatement la poignée, comme pour ne pas réveiller un ours qui viendrait de s'endormir. Elle découvrit une boîte, posée là. Qui avait pu la placer ici ? Son père ? Albert ? Impossible… Ils la lui auraient remise en

mains propres. Uma observa l'objet. La boîte était fabriquée d'un matériau que le roi ne tolérait plus ici : du bois. Peut-être qu'elle venait de Karan alors ? Mais il n'aurait pas pu l'apporter jusqu'ici, la fenêtre était bien trop haute... Il n'aurait pas pris le risque de la déposer ici.

Elle prit la boite en s'assurant qu'Albert n'était pas dehors en train de l'observer et se glissa dans son lit, la boite contre elle, sous les draps.

C'était un magnifique objet, richement décoré. La boite fourmillait de détails. Une multitude d'arbres habillait chacun de ses côtés. Ils formaient une forêt, et leurs cimes se joignaient sur le couvercle. Ces arbres avaient sans doute été gravés à la main, au vu de leur singularité et de la profondeur irrégulière des incisions dans le bois.

Mais, le détail qui frappa le plus Uma était ce message gravé sur le couvercle, là où la cime des arbres se rencontrait :

Ton chemin te guidera vers l'espoir d'un renouveau.

Le message était accompagné de quatre symboles distincts : un fil, un cœur, un soleil et un arbre. Que pouvaient-ils signifier ? Qui lui avait déposé cette boite ? Et pourquoi maintenant ?

Chapitre 4
Un étrange cadeau

Uma n'avait pas fermé l'œil de la nuit. Elle n'avait pu s'empêcher d'ouvrir la boîte et d'en éplucher le contenu. Cette boite déposée mystérieusement renfermait là tant d'énigmes et de questionnements. En l'ouvrant, elle avait découvert un papier roulé et quatre feuillets pliés et rangés soigneusement qui occupaient son espace. Le papier utilisé était doux et épais, légèrement jauni, comme Uma les appréciait. Une odeur de mangue s'en dégageait, son fruit préféré.

Quelqu'un cherchait-il à lui faire une plaisanterie ? En déroulant le premier papier, la jeune fille eut un moment de doute... Seul le royaume d'Abondance abritait les habitants qui étaient venus y trouver refuge ; plus personne n'habitait en dehors du royaume car le reste des terres

était hostile et sombre. Tous ceux qui le souhaitaient avaient déjà trouvé refuge à Abondance, qui n'avait plus reçu de nouveaux arrivants depuis quelques temps. Alors, pourquoi cette carte illustrait visiblement le trajet vers un village nommé *Les Temps* ?

La carte indiquait trois autres étapes si Uma en croyait les autres symboles représentés sur le chemin. Où voulait-elle l'emmener ?

Déconcertée mais sa curiosité piquée au vif, Uma continua son exploration et prit les feuillets. En les dépliant, elle ne put s'empêcher de remarquer les symboles inscrits en haut à droite de chacun d'entre eux. Elle retrouvait les mêmes que ceux gravés sur le couvercle et présents sur la carte. *Un symbole pour chaque feuillet. Mais il n'y a rien d'autre...* s'était dit Uma en les dépliant minutieusement.

Seul le premier morceau de papier contenait une inscription au centre. L'inscription avait été écrite à la main, là encore, très soigneusement. Elle semblait être une énigme à résoudre au vu de la ligne tracée sous l'inscription, comme pour laisser place à une réponse. Uma l'ignorait. Seul le chemin de la carte était représenté à la suite de l'énigme et de sa ligne.

Il y avait là une sensation qu'elle ne pouvait décrire : cette boite au bois chaleureux et travaillé, ces feuillets et cette carte, pliés et rangés si soigneusement, ce papier à l'odeur de mangue et ces inscriptions manuscrites si appliquées

semblaient avoir été préparés avec beaucoup d'affection. Uma y discernait presque de la tendresse. Et cette inscription « *Ton chemin te guidera vers l'espoir d'un renouveau* » ... Tant de questions sans réponse qu'Uma mourait d'envie d'éclaircir.

La jeune fille prit son sac en bandoulière et tenta, non sans difficulté, d'y faire entrer la boite et son contenu à l'intérieur. Elle avait besoin de rendre visite à son ami. Lui seul pouvait encore l'écouter, sans jugement et peut-être l'aider à comprendre cette énigme.

Elle quitta le château de bon matin. Son père dormait encore. Elle n'aurait pas à le croiser après leur dispute de la veille. Albert lustrait les nuages de l'escalier. Uma l'informa qu'elle reviendrait à la fin de la journée. Il lui répondit par un léger sourire. Uma y prêta à peine attention, son esprit était déjà en chemin vers la Tanière Enchantée.

Elle devait passer par l'avenue principale d'Abondance pour retrouver la Tanière Enchantée. Quelle ne fut pas sa surprise de découvrir une foule attroupée en haut de l'avenue des Innovations. Par curiosité, Uma s'approcha.

Les habitants, rassemblés en masse, attendaient l'heure d'ouverture de la boutique. C'était aujourd'hui qu'Aux -Mille-Absorbe-Tête ouvrait ! Elle avait complètement oublié ! L'adolescente s'arrêta derrière la foule et choisit d'attendre l'ouverture de la boutique. Elle voulait en savoir plus sur l'imagination sans fin de son père. Quelques habitants la reconnurent. Ils la laissèrent passer devant l'entrée. Uma se

sentait gênée. Elle pouvait attendre comme eux le faisait depuis un certain temps.

Les portes d'Aux-Mille-Absorbe-Tête s'ouvrirent enfin ! Tout le monde se rua vers l'entrée en tentant de se frayer un chemin, se bousculant sans se regarder… Uma se sentait oppressée. Elle voulait faire demi-tour mais quelque chose la retenait. Elle devait aller voir ce qui s'était préparé avant que son père ne lui impose cet objet lorsqu'elle rentrerait.

Une fois à l'intérieur de la boutique, elle n'en crut pas ses yeux ; son père avait dit vrai, cette boutique était la plus grande du royaume ! Elle se dressait sur trois étages de verre. Uma s'approcha de la pancarte près de l'entrée. Elle décrivait l'agencement de la boutique et des Absorbe-Tête.

Rez-de-chaussée : Choisissez votre Absorbe-Tête

Premier étage : Les Capture-Moments

Deuxième étage : L'Explore-Infini

Troisième étage : Le Nuage-Partage

Uma interpela une vendeuse pour l'aider.

– Excusez-moi… Pouvez-vous m'expliquer à quoi correspondent ces étages ?

– Bonjour ! Oui, bien sûr !

La vendeuse se retourna pour faire face à son interlocutrice.

– Oh ! Uma, la fille du roi Paon ! Bonjour, bonjour !

Au rez-de-chaussée, vous trouverez tous les Absorbe-Tête disponibles pour choisir lequel vous procurer.

Chaque étage correspond à une fonctionnalité des Absorbe-Tête. Vous pouvez vous rendre à l'étage qui vous convient selon la fonctionnalité de l'Absorbe-Tête que vous avez envie de découvrir et approfondir en premier. L'étage des Capture-Moments vous accompagnera dans l'utilisation de l'Absorbe-Tête pour créer des Capture-Moments. Le deuxième étage...

– Excusez-moi de vous couper mais... Qu'est-ce qu'un Capture-Moment ? hésita Uma.

– Aucun problème, ajouta la vendeuse, toujours très souriante et disponible pour sa cliente – encore plus si c'était la fille du roi. Je vais vous accompagner sur les trois étages et ainsi, vous pourrez choisir celui sur lequel vous arrêter aujourd'hui.

Elles montèrent le grand escalier dont les marches de verre étaient suspendues et tournoyaient jusqu'au premier étage. On avait l'impression d'un chemin donnant accès au ciel à chaque nouveau pas effectué. Le plafond de la boutique était d'un bleu ciel envoûtant. Des Absorbe-Tête et de vrais nuages flottaient au plafond, donnant l'impression à chaque nouveau pas de s'envoler.

– Voici l'étage des Capture-Moments ! Ce sont des images que vous pouvez choisir de garder dans votre Absorbe-Tête : cela peut être un endroit de la ville d'Abondance que vous souhaitez regarder ou encore

les paroles d'une personne que vous avez envie de pouvoir réécouter à l'infini…

À cet étage, les habitants avaient déjà tous choisi un Absorbe-Tête. Il y avait une dizaine de vendeurs à leur disposition pour les accompagner dans l'apprentissage de la fonctionnalité Capture-Moments. Certains préféraient apprendre seuls et demander ensuite conseil. D'autres avaient besoin d'être guidés de A à Z avant de tester les Capture-Moments, si bien qu'ils commençaient à capturer des images d'eux-mêmes, de la boutique ou même des discussions entre eux.

— Voulez-vous que je continue de vous présenter les derniers étages ?

— Oui, s'il vous plaît, acquiesça Uma.

— Le deuxième étage, comme vous l'avez vu sur la pancarte, est celui de l'Explore-Infini. L'Explore-Infini, comme son nom l'indique, est une fonctionnalité qui nous permet d'explorer infiniment, sans avoir à nous déplacer ! Toutes les informations sont à portée de main dans l'Explore-Infini, absolument toutes les informations que vous souhaitez trouver ! Il n'y a qu'à le demander à votre Absorbe-Tête !

— Par exemple… Si je souhaite trouver le nombre de personnes qui vivent à Abondance, je peux avoir la réponse ?

– Oui, tout à fait ! s'exalta la vendeuse. Regardez, nous allons le tester ensemble. Absorbe-Tête, peux-tu me dire combien de personnes vivent à Abondance ?

Il y a actuellement 10 782 habitants à Abondance. Le roi Paon ne souhaite plus accueillir de nouveaux habitants actuellement.

Uma n'en revenait pas. Il avait fallu moins de quelques secondes pour que l'Explore-Infini ne trouve cette information alors qu'elle aurait pu mettre plusieurs minutes ou une dizaine de minutes à la chercher ! Et il lui offrait cet article entier sur Abondance, de sa création à aujourd'hui.

– Je dois dire que c'est assez… Impressionnant, déclara Uma, perplexe de ce qu'elle venait de découvrir. Et si je souhaite voir une carte du royaume et ses alentours, je peux le faire avec l'Explore-Infini aussi ?

– Évidemment ! Vous pouvez tout trouver, absolument tout ce dont vous avez besoin ou ce que vous pourriez vouloir ! Et vous n'avez pas encore vu le troisième étage… Suivez-moi !

Lorsqu'elles arrivèrent au dernier étage, Uma fut surprise par sa taille et le nombre d'espaces qui étaient dédiés au Nuage-Partage. Il y avait là un engouement chez les habitants qu'elle n'avait pas perçu dans le reste de la boutique. Chacun avait son Absorbe-Tête avec lui et semblait littéralement subjugué par ce qu'il leur proposait. Leur tête, baissée vers leur Absorbe-Tête semblait être absorbée

par le Nuage-Partage. Aucun ne décollait son regard de son objet.

— Le Nuage-Partage est sans doute la fonctionnalité la plus évoluée et prometteuse de l'Absorbe-Tête, lui déclara la vendeuse. Grâce à lui, vous pouvez discuter, voir vos amis, votre famille à distance ! Mais surtout, l'Aborbe-Tête vous décharge la tête en écrivant, dessinant pour vous,... s'exclaffait la vendeuse, fière de son jeu de mots.

Uma lui fit sourire discret pour tenter de dissimuler sa gêne. La vendeuse reprit.

— Qui aurait pu imaginer une telle chose ? Les habitants que vous voyez ici découvrent comment utiliser le Nuage-Partage. Grâce à un simple code à six chiffres, qui vous est attribué lorsque vous achetez l'Absorbe-Tête, vous pouvez utiliser le Nuage-Partage. Vous avez même la possibilité de partager sur votre page de Nuage-Partage tous les Moments enregistrés par le Capture-Moments afin que les personnes avec qui vous échangez puissent vivre ces instants avec vous !

La vendeuse se montrait si enthousiaste qu'Uma aurait presque pu être convaincue. En réalité, depuis le début de cette visite, la jeune fille se sentait enfermée dans une bulle dont sa solitude et ses doutes étaient sa seule compagnie. Une bulle si solide que tous les Aborbe-Tête ne pourraient l'

en faire sortir ou permettre à d'autres d'y entrer. En face d'elle se tenait un couple découvrant l'utilisation du Nuage-Partage. La femme avait tenté d'interpeler son compagnon à plusieurs reprises, sans succès : il était trop absorbé par sa tâche. Il prenait beaucoup de Capture-Moments et commençait à les envoyer et les partager. Uma se sentit désolée pour cette femme qui semblait heureuse de pouvoir utiliser l'Absorbe-Tête – elle le serrait précieusement dans ses mains – et chagrinée de voir que son compagnon ne l'entendait pas. Sa bulle sembla s'épaissir encore plus quand celle de la femme semblait apparaitre.

Et Uma songea à ce que pourrait créer l'Absorbe-Tête : des milliers de bulles autour des habitants, qui se croiseraient, sans jamais se rencontrer et s'ouvrir. À cette pensée, Uma décida de sortir de la boutique sans se procurer d'Absorbe-Tête.

Son père avait déjà dû lui en garder un au château. Il ne pouvait l'obliger à l'utiliser, du moins tant qu'elle ne le croiserait pas. Elle ne voulait pas participer à l'engouement aveugle autour de cet objet.

Elle salua poliment la vendeuse, lui expliquant qu'elle reviendrait au cours de la semaine – bien qu'au fond d'elle, elle sut que ça ne serait le cas – et reprit sa route en direction de la Tanière Enchantée.

*
**

Karan observait avec minutie la boite et son contenu.

– Ce bois… Regarde bien son essence, tu as raison, il s'agit sûrement d'un sal sauf qu'il n'en existe plus du tout à Abondance.

– Tu penses que la boite vient de l'extérieur d'Abondance ? s'empressa Uma.

– C'est même certain. Si l'on regarde la boite et le papier utilisé, je ne sais pas où la personne aurait pu se les procurer… Mais même ici je n'ai pas ces matériaux. Ils doivent venir de l'extérieur du royaume.

– Je ne comprends pas. Ça veut dire qu'il y aurait peut-être des personnes en dehors du royaume ? répliqua Uma, dont l'imagination commençait à se remettre en route. Pourquoi m'envoyer ce message, et cette énigme, et cette carte…

– Je ne sais pas non plus mais ce qui est certain, c'est que tu devrais essayer de le découvrir ! La première énigme à résoudre te guidera peut-être vers un autre endroit ?

– Mais… Comment je vais l'annoncer à mon père ? Il jetterait la boite, c'est sûr et je ne pourrai jamais y aller !

– Il n'est pas obligé de le savoir… suggéra Karan, malicieux. Écoute-moi bien, il faut que tu suives ce que te dit la carte. Tu imagines ! Si tu croisais des tigres ou si tu voyais l'océan ! se prenait à rêver Karan, qui

avait toujours voulu voir la mer et des animaux.
– Ou des brigands prêts à dérober un trésor ! riait Uma.
– Plus sérieusement, je peux rester ici pour veiller sur ma boutique et te donner des nouvelles d'Abondance. Tu y arriveras seule. Il nous faudra un moyen de rester en contact... Comment ? se stoppa Karan.
– Je vois bien un moyen mais... Il ne m'enchante pas trop.
– Dis toujours.
– ... Et si on avait chacun un Absorbe-Tête On recevrait instantanément des nouvelles. Et si jamais je suis perdue, je pourrai te contacter !
– Bonne idée ! Je n'avais pas prévu d'en prendre un mais c'est peut-être la seule solution que nous ayons...
– On va faire ça : je retourne à la boutique chercher deux Absorbe-Têtes comme ça je n'aurai pas celui avec lequel mon père veut me surveiller ! Je viens te donner le tien et ensuite je rentre préparer mes affaires.

Karan et Uma s'échangèrent le code qui leur permettrait de communiquer. Ils s'enlacèrent longuement et

Karan lui souhaita un très beau voyage. Il avait hâte qu'elle lui raconte ses aventures, ses découvertes et qu'elle revienne avec de jolies histoires à partager à Abondance. Il lui fit promettre d'être prudente. Uma promit en retour de lui écrire régulièrement pour le tenir informé de son avancée, et de lui demander de l'aide si elle en avait besoin.

Le soir-même, le roi Paon attendait sa fille à table. Il ne l'avait pas vue de la journée suite à leur dispute d'hier. Uma regarda la table remplie de mets, cette fois-ci disposés çà et là de manière irrégulière. Le roi était encore contrarié. Elle s'assit en face de son père, savoura ce dernier repas en sa compagnie avant sûrement plusieurs jours et tenta une discussion maladroite sur la météo prévue. Uma lui raconta qu'elle avait passé sa journée dans la nouvelle boutique. Son père se décrispa. Il était ravi que sa fille ait changé d'avis. Il engloutit de bon cœur son repas et le dîner se poursuivit plus sereinement.

Une fois le dîner terminé, Uma s'approcha de son père et l'embrassa dans un « *bonne nuit, papa* » murmuré. Paon fut surpris de cette embrassade. Il lui esquissa un sourire et lui répondit doucement :

– Dors bien, ma fille.

En guise de réponse, Uma lui fit un signe de la main accompagné d'un sourire, qui, si son père y avait prêté plus attention, dévoilait une légère tristesse et culpabilité.

Un étrange cadeau

Arrivée dans sa chambre, Uma rassembla quelques affaires qu'elle mit dans un grand sac : sa tenue favorite, sa couverture, son pendentif pour lui indiquer l'heure – et prolonger ses activités, mais cette fonctionnalité ne lui serait sans doute d'aucune utilité à l'extérieur du royaume.

Elle prit soin d'emballer sa boite dans le tissu Éphémeraude acheté quelques jours plus tôt et son Absorbe-Tête dans son sac en bandoulière.

Elle n'avait besoin de rien de plus.

L'adolescente prit le temps de laisser un petit mot sur son lit qu'Albert et son père découvriraient le lendemain matin :

> *Papa,*
> *J'ai décidé de quitter Abondance quelques temps.*
> *Ne t'inquiète pas pour moi, tout ira bien.*
> *Je reviendrai quand je serai prête.*
> *À bientôt,*
> *Uma*

PARTIE II

LA RICHESSE DU TEMPS

Chapitre 5
Le Temps Suspendu

Deux jours avaient passé depuis son départ. Uma tentait de déchiffrer la carte et les différentes étapes qu'elle lui indiquait. Elle avait suivi les indications données et, si ses comptes étaient bons, sa première étape vers *Les Temps*, symbolisée par un fil, se situait à trois jours de marche d'Abondance. Elle devait donc arriver aujourd'hui.

Malgré les millions d'incertitudes qui se présentaient à elle, Uma s'était sentie étonnamment libre. Cela faisait un moment qu'elle n'avait pas ressenti une telle souplesse dans son quotidien : pas de repas et discussions sur les inventions de son père, pas d'errance dans Abondance sans savoir quoi faire… Uma avait un but précis, un objectif auquel elle ne voulait pas faillir : se rendre dans ce village et

résoudre la première énigme afin de découvrir son mystérieux expéditeur et l'endroit où il souhaitait l'emmener.

Le premier jour, Uma avait marché toute la journée sans s'arrêter. Seuls ses pieds, lourds et douloureux, lui avaient indiqué qu'il était temps de se reposer. Les heures sur son pendentif défilaient et le royaume s'éloignait de plus en plus, en même temps que les aiguilles continuaient leur ronde incessante. La terre sèche et chaude lui avait offert un coin doux et chaleureux où poser sa couverture pour son premier repas. Elle avait « emprunté » un petit nuage à son père dans la pièce des Créations, de quoi tenir plusieurs dizaines de semaines pour s'alimenter.

Malgré tout, plusieurs fois, son esprit la faisait douter de son choix. Plusieurs fois, il l'avait invitée à faire demi-tour pour rentrer à Abondance à coups de *Tu vas te perdre, Suivre un message sur une boîte ? Quelle idée ! Tu serais plus en sécurité au royaume.* Ce premier jour avait semblé la mener nulle part et Uma avait fini par douter de sa décision. Pourquoi l'expéditeur ne souhaitait-il pas être découvert ? S'il n'avait rien à cacher, il aurait pu venir à elle directement. Bousculée par tous ces questionnements, allongée sur sa couverture.

Uma avait contemplé le paysage qui s'offrait à elle. Des étoiles à perte de vue recouvraient le ciel. Jamais elle ne les avait si bien regardées. Malgré le sable qui refroidissait son corps, un sommeil de plomb vint la chercher. Le calme et ce paysage nocturne l'avaient emportée. Ses doutes

s'endormirent à ses côtés le temps d'une nuit.

Le lendemain, Uma avait repris tranquillement son chemin, reposée. La route fut plus agréable et légère. Uma avait beaucoup repensé à la boite, à son énigme et à ce qu'elle pourrait trouver au bout de son voyage. La curiosité avait fini par gagner contre ses inquiétudes. Elle voulait continuer. Ou plutôt, elle devait continuer. Reculer n'était plus possible. Son père la priverait de sortie à vie ! Et jamais elle ne pourrait repartir. C'était maintenant ou jamais. Elle devait s'accrocher, ne pas se décourager. Elle avait déjà parcouru la moitié du trajet lorsque la nuit vint cueillir le dernier rayon de soleil de la journée. Comme la nuit précédente, elle s'installa au sol, sur sa couverture.

Au troisième jour, son corps s'alourdissait de plus en plus. Uma marchait depuis plusieurs heures quand elle aperçut au loin, au milieu de cette terre sèche, une petite maison de bois entourée de verdure. *Je ne dois pas être loin*, se réjouit-elle. C'était la première habitation qu'elle voyait depuis trois jours. Arrivée devant, Uma reprit sa carte : il s'agissait bien du même abri représenté, à côté du fil.

Sur le trajet, seule face à elle-même, Uma avait relu plusieurs fois l'énigme inscrite sur le feuillet.

Il nous file entre les doigts et ne revient pas.
Quand je cherche à le remplir, il est encore plus vide.

Une chose était sûre, sans connaitre la réponse, Uma devait entrer dans cette drôle de cabane représentée sur sa carte.

Elle frappa à la porte une première fois.

Personne n'ouvrit.

Elle frappa une seconde fois.

Toujours personne.

Finalement, la porte s'entrouvrit dans un léger grincement. Uma y glissa alors sa main, comme pour la retenir et choisit d'entrer discrètement. Elle avança en fermant la porte derrière elle. L'entrée donnait sur une grande pièce spacieuse, lumineuse et sobre. Ce devait être la pièce principale. L'endroit n'effraya pas Uma qui observa un à un les murs de la pièce. Les rayons dorés du soleil venaient habiller les murs faits de bois, embrassant délicatement leurs rainures. Des cadres feuillus couvraient chaque recoin. Seul le mur d'en face se distinguait des trois autres. Fait entièrement de verre, il donnait une vue magnifique sur le jardin arboré de l'auberge. Des coussins de toutes les couleurs étaient posés au sol face à ce grand vitrage, invitant les visiteurs à s'asseoir en face de la végétation. L'endroit était modeste mais chaleureux.

– Bienvenue au Temps Suspendu !

– Oh, excusez-moi, je ne vous avais pas vue. Bonjour, répondit Uma, gênée d'être entrée sans qu'on l'y ait invitée.

– Ne vous excusez pas, je suis très discrète... J'étais en pleine méditation ! Je ne me suis même pas

présentée… Hortense, propriétaire du Temps Suspendu !

Hortense était un drôle de personnage à la chevelure grisonnante et hirsute. Son visage était couvert de nombreuses marques laissées par le temps. Mais, ce qui retint le plus l'attention d'Uma était la bonté qui se dégageait de son sourire. Ses yeux plissés par un large sourire dévoilaient une gentillesse et une énergie sans fin, tout comme l'endroit dans lequel elle se trouvait. Uma se sentit tout de suite en confiance et, alors qu'elle allait lui demander de l'aide pour résoudre sa première énigme, Hortense commença :

– Je ne vous ai jamais vue ici ma p'tite. Et si j'en crois le sac que vous portez, vous n'êtes pas d'ici ?

– Uma. Je m'appelle Uma. J'ai marché plusieurs jours avant d'arriver ici… C'est la première fois que je quitte mon royaume, Abondance.

– En effet… Cela doit vous paraître bien différent de chez vous !

– Vous connaissez Abondance ? s'empressa Uma.

– Disons que j'en sais ce que j'en ai lu… Abondance est un royaume créé par le roi Paon qui détient lui-même les nuages dans le ciel. Ici, même nos nuages sont les siens.

Hortense marqua une petite pause. Elle semblait perdue dans ses pensées, puis reprit :

– Mais, là n'est pas le sujet. Que faites-vous ici, ma

p'tite ? Que venez-vous trouver qui ne soit pas déjà à Abondance ? C'est la première fois que je vois un habitant quitter ce royaume.

– J'ai reçu il y a quelques jours une boite...

Uma n'eut pas le temps de finir sa phrase qu'Hortense, trépignant, la coupa :

– Une boite ? Oh, quel mystère... J'adore les mystères ! Qu'y avait-il dans cette boite ?

– Il y avait une carte et quatre autres papiers... La carte semble m'indiquer un chemin et quatre endroits. Je ne sais pas où elle veut me mener mais, parmi les étapes, il y a un papier avec votre...

Mais Hortense, débordant d'enthousiasme, coupa à nouveau Uma :

– Oh ! Montrez-le moi ! Ça a l'air si fascinant !

Uma sortit de son sac la boite et déplia la carte accompagnée du premier feuillet avec l'énigme. Hortense s'empressa de feuilleter le contenu et relut plusieurs fois l'énigme :

– Il nous file entre les doigts et ne revient pas... Il ne revient pas... Je cherche à le remplir, il est encore plus vide... Plus vide quand il doit être rempli... Mmmmh... Mais oui ! C'est pour ça que ton mystérieux expéditeur t'a envoyée ici ! Je pense qu'il s'agit du TEMPS ! Ça correspond tout à fait à ce que l'on apprend dans l'auberge.

– Je n'y avais absolument pas pensé… Le temps…, réfléchit Uma. Mais, ça dire que la personne qui m'envoie cette énigme serait sûrement venue ici ?
– Affirmatif ! Je ne vois pas comment elle connaitrait mes enseignements, sinon.

Uma ôta l'énigme des mains d'Hortense. Elle écrivit la réponse sur la ligne du premier feuillet accompagné du symbole représentant le fil. Une légère lumière dorée émana de la boite. Elle provenait du deuxième feuillet et de la carte. La carte avait laissé place à la prochaine étape : Cœur-Ouvert et le deuxième papier venait de faire apparaître l'énigme suivante.

– C'était donc ça ! Karan avait raison. Dès qu'une énigme est résolue, la suivante apparaît ! Mais pourquoi m'avoir fait venir ici ? réfléchit Uma.
– Eh bien, c'est évident, ma p'tite ! Et je pense que l'auberge n'a pas été choisie par hasard…

La vieille dame lui présenta son auberge. Elle l'avait créée trente ans auparavant dans le but d'offrir aux habitants de ces terres et aux passants un lieu où ils pourraient se ressourcer et se recueillir, pour le temps qui leur semblait nécessaire. Hortense l'avait imaginée comme un véritable havre de paix où l'on pouvait littéralement suspendre le temps, arrêter un instant la course effrénée du quotidien. À l'auberge, chacun trouvait une formule adaptée à ses besoins

et au temps dont il disposait : une heure, une journée ou une semaine de Temps Suspendu. Hortense était présente tous les jours de l'année, entièrement disponible pour ses hôtes. C'était sa maison, son chez-elle. Mais, depuis quelques années, de moins en moins de passants et d'habitants se montraient, choisissant de rejoindre Abondance.

À vrai dire, à Abondance, c'était l'inverse.

On ne suspendait pas le temps, on le comptait, on le rallongeait, on l'ajoutait, on le complétait mais ô jamais on ne l'arrêtait. En bref, on le consommait.

Son pendentif en était la preuve quotidienne. Il lui rappelait chaque heure qui passait et lui permettait de prolonger ses activités autant qu'elle le souhaitait. Uma choisit de passer la semaine au Temps Suspendu pour en découvrir les bienfaits.

– Nous aurons une leçon par jour et ensuite vous pourrez vaquer à vos occupations. Notre première leçon sera : Ralentir le temps. Je vous laisse vous installer dans votre chambre. Venez me rejoindre en fin d'après-midi !

L'agencement de la chambre était des plus sobres : un lit simple et une petite table de chevet en bois ornaient la pièce et lui donnait une apparence naturelle et chaleureuse. Une petite plante aux feuilles rondes et charnues, posée sur la table de chevet, ajoutait une touche de fraîcheur et de nature à la chambre. Uma s'en approcha. Elle n'avait jamais pu

sentir, toucher ou ne serait-ce que voir un végétal ; elle en huma le parfum. Son odeur délicate semblable à du jasmin mélangé à de la menthe la transporta un instant en dehors du temps. La pièce, située au deuxième et dernier étage, respirait la sérénité. La jeune fille se jeta sur le lit et se glissa sous la couverture douce et crochetée. Hortense devait l'avoir réalisée elle-même, au vu des irrégularités qui lui donnaient son aspect singulier et douillet. Une heure pour se reposer… Voilà longtemps qu'on ne lui avait pas offert de temps à ne rien faire. C'était une étrange sensation.

Uma se sentait agitée par le vide que lui annonçait l'ennui à venir. Plutôt que se reposer, elle sortit finalement son Absorbe-Tête, qu'elle n'avait pas regardé depuis son départ, trop occupée à marcher et tenter de trouver un abri. Heureusement que personne, excepté Karan, n'avait son code. Sinon, elle aurait été envahie de messages des habitants, faussement désintéressés. Elle vit que Karan lui avait laissé un message par jour. Il devait être inquiet.

Ouvrant précautionneusement le Nuage-Partage, elle prit le temps de lui décrire l'auberge dans laquelle elle était arrivée et la durée pour laquelle elle avait décidé de rester. Avant de ranger son petit nuage, elle finit son message par : *Je te parlerai de ma première leçon ce soir, promis ! Prends soin de toi et de la librairie. Tu aimerais beaucoup cette auberge construite de bois.* Fatiguée par ses trois jours de marche, Uma s'endormit profondément avant la première leçon d'Hortense.

Toc,toc,toc ! Hortense était venue la réveiller car elle ne l'avait pas vue dans la grand pièce. Son hôte tenait à ce que cette première leçon amène Uma à se questionner sur l'utilisation qu'elle avait fait de son temps jusqu'à présent.

– C'est pourquoi cette première leçon, *Ralentir le temps*, sera basée sur un échange par rapport à ce que tu as fait de ton temps jusque-là. Mon rôle, ma p'tite, est de te faire part de questionnements pour t'accompagner par la suite.

– D'accord. Par quoi commence-t-on, Hortense ?

– Eh bien, pour commencer, comment utilises-tu ton temps à Abondance ?

– Je... Je ne me suis jamais vraiment posé la question... commença Uma. Je fais beaucoup d'activités et j'essaie de ne pas toujours faire les mêmes. En général, je passe peu de temps au château. Je vais souvent me promener dans les rues d'Abondance où je trouve toujours quatre ou cinq activités à faire. Je vais souvent au SpaCiel. Je peux y rester des heures. Parfois, je me rends aux Tenues Infinies pour regarder les nouveautés quotidiennes mais, mon endroit préféré reste la Tanière Enchantée où je me rends chaque jour.

– Si je comprends bien, à chaque moment de la journée, ton temps est occupé à une activité ?

— Oui… Si je n'ai rien à faire, mon père me charge d'aller quelque part. À Abondance, l'ennui n'est pas vraiment possible… J'ai même un pendentif qui me permet d'ailleurs de calculer ou de rallonger mon temps à volonté pour une activité.

— Ma p'tite, c'est parfait pour le thème de notre leçon ! Toutes les personnes qui viennent dans cette auberge me disent la même chose : Je cours après le temps. En souhaitant organiser et remplir au maximum son temps, on finit par ne plus le voir passer, ni l'attraper. Est-ce que tu vois ce que je veux dire ?

— Je pense. Cet après-midi, tu m'as laissée pour me reposer. Tu m'as donné du temps, je ne savais pas quoi faire. Je suis allée sur mon Absorbe-Tête pour m'occuper l'esprit. Finalement, c'est sur le lit que j'ai réussi à me détendre. Je n'avais pas besoin de penser aux nouvelles activités à découvrir, à ce que mon père attend de moi…

— C'est très intéressant ce que tu me dis là… Est-ce que tu peux essayer de prendre un instant pour me dire ce que tu as pu ressentir dans ta chambre, seule, sans activité pour après-midi ?

Uma prit le temps de réfléchir à la question d'Hortense avant de répondre.

– Au début, je me suis presque sentie inquiète et je me demandais ce que j'allais pouvoir faire tout l'après-midi dans cette petite chambre où je n'avais rien à faire… J'ai sorti mon Absorbe-Tête pour donner des nouvelles à un ami. J'ai ensuite senti le sommeil venir me chercher. Et là… J'étais vraiment bien. Et je ne sais pas si je m'étais déjà sentie si légère… Je n'avais rien d'autre à faire. J'étais détendue.

– Eh bien, ma p'tite, il s'agissait en réalité du début de ta première leçon que tu as passée avec brio ! Ralentir le temps commence par ralentir son rythme quotidien, ralentir ses activités pour être disponible et le cueillir. Tu m'as dit avoir ressenti une inquiétude face au vide qui s'offrait à toi dans la chambre… Parce que tu n'as pas eu l'habitude de n'avoir rien à faire. Ralentir notre temps pour mieux le vivre est le commencement de tout changement. On passe notre vie à oublier que le temps s'écoule. On répète qu'il est précieux mais on ne le chérit pas, on n'y prête pas attention car on est trop occupés à le remplir en pensant que, de cette façon, on le vit. Alors, garde bien ça en tête : le temps est précieux, chéris-le du mieux que tu peux en lui accordant toute ta présence. Et cette présence, ça commence par lui laisser de la place dans ton quotidien. Tu verras tout ce qui peut s'offrir à toi de cette manière.

Chapitre 6
Au Fil du Temps

Karan se sentait de nouveau seul. Pendant ces trois jours, personne n'était entré dans la Tanière Enchantée. Beaucoup de personnes passaient devant la boutique sans la voir… Certes, il en avait toujours été ainsi, il le savait. Et, la plupart du temps, cette solitude lui convenait plutôt bien. Mais les visites d'Uma faisaient partie de ses moments préférés de la journée pendant lesquels ils refaisaient le monde. Il se rassura en pensant qu'Uma lui donnerait de ses nouvelles au moment venu.

En rangeant et en organisant ses livres, Karan regarda à travers la fenêtre de son échoppe… Il faisait encore bien chaud aujourd'hui. Le roi Paon semblait accoutumer le royaume à cette chaleur. Afin de préserver un équilibre, il

avait été convenu qu'il y aurait quatre jours de pluie, soit une fois par semaine, et une semaine nuageuse pour tempérer la chaleur, chaque mois. Ainsi, les habitants pouvaient anticiper leurs activités. Toutefois, cette chaleur ne semblait pas accabler le peuple.

L'Absorbe-Tête, en quelques jours, l'avait conquis. Dans les rues d'Abondance, on ne voyait plus que ces petits nuages entre les mains des habitants. En si peu de temps, ils semblaient maintenant prendre une place centrale dans la vie de la population, exactement comme l'avait prédit le roi Paon.

Karan s'ennuyait de son amie. Il choisit de sortir pour s'aérer un peu l'esprit avant de fermer sa boutique. De toute façon, il ne manquerait pas les clients puisqu'ils étaient aux abonnés absents.

Il errait dans la rue lorsque son regard se posa sur une boutique à laquelle il n'avait jamais prêté attention auparavant.

Au Fil du Temps était l'une des boutiques les plus visitées de l'avenue des Innovations. Le temps lui paraissait bien long aujourd'hui. Ce magasin pourrait peut-être l'occuper. C'était une boutique en apparence plutôt modeste comparée à celles longeant l'avenue. Elle n'avait pas d'étage, tout était au rez-de-chaussée et volontairement à la disposition des clients.

Karan posa ses yeux sur un mur couvert de fils. Ils paraissaient être rangés par couleur, tels un arc-en-ciel. Fins

et doux, semblables à de la soie, ils tombaient telle une cascade multicolore. Karan s'approcha un peu plus de cet arc-en-ciel. En relevant la tête, il aperçut une inscription:

Au Fil du Temps, un fil pour chaque moment que vous souhaitez prolonger.

Chaque couleur contenait ce slogan, accompagnée d'une description.

Le fil rouge, plutôt court, indiquait : *Prolongez votre moment de dix minutes.*

Le fil orange, un peu plus long, affichait : *Prolongez votre moment de trente minutes.*

Encore un peu plus allongé, le fil jaune précisait : *Prolongez votre moment d'une heure...*

Et ainsi de suite, jusqu'au fil violet, le plus long de tous, qui permettait de prolonger le temps de quatre heures ! Plus le fil choisi agrandissait le temps, plus il était cher. *Quelle absurdité ! Pourquoi vouloir prolonger une activité qui finira de toute façon par se terminer ?* tempêta intérieurement Karan. Il se sentait agacé et sortit rapidement de la boutique, saluant brièvement le personnel. Karan ruminait ses pensées, repensant au pendentif d'Uma que son père l'obligeait à garder et utiliser pour 'montrer l'exemple'. Cette sortie le faisait se sentir encore plus seul et lui rappelait l'absence d'Uma, à laquelle il ne pouvait rien changer. Il ne voulait pas être un obstacle à son voyage. Mais, s'il avait pu retourner en arrière quelques jours plus tôt, il aurait essayé de lui confier à

quel point elle allait lui manquer et combien il tenait à elle. C'était malheureusement pendant son absence qu'il réalisait à quel point sa présence lui était précieuse. *Le passé est passé, tu ne peux plus rien y changer,* ruminait-il avec sa solitude.

Maintenant qu'il avait découvert ces fils et leur utilisation, il croyait en voir partout ! Voilà qu'une femme tenait entre ses mains, accroché à son Absorbe-Tête, un fil violet et s'apprêtait à entrer au SpaCiel... Quatre heures de plus... Au même moment, un homme, assis avec son Absorbe-Tête et un fil rouge accroché à son appareil, semblait attendre le moment opportun pour l'utiliser. Il le fixait, le faisait tourbillonner comme si, le moment venu, il s'en servirait pour gagner ces quelques précieuses minutes. Ces scènes le ramenaient encore à Uma, à ce qu'elle aurait pensé en les voyant. Elle lui aurait répondu: *Le temps n'est pas infini, on ne peut pas le contrôler de cette façon.* Et ils auraient parlé des heures et des heures.

Karan marchait d'un pas pressé, se sentant étouffé par la chaleur – ou ses sentiments, il ne savait plus bien. Il s'arrêta sur la Place Céleste. C'était une place circulaire dont le sol bleu ciel était peint de nuages. Karan s'assit près de la fontaine centrale. Les habitants l'appréciaient pour son effet miroir : le ciel semblait s'y refléter.

– Quel beau temps aujourd'hui, le roi ne nous a pas habitués aux surprises quand il s'agit de la météo ! se réjouissait un habitant.

— Le soleil est bien là, aujourd'hui. Je vais pouvoir aller aux Folles Glaces. Et si on faisait un Capture-Moment pour enregistrer cette journée ?

Aujourd'hui devait en effet être un jour pluvieux... Étrange. C'était la première fois que le roi Paon ne respectait pas son habituelle organisation. Cela semblait visiblement convenir aux personnes assises autour de lui. Karan, lui, se dit qu'il aurait bien apprécié un peu de fraîcheur et de grisaille aujourd'hui, pour habiller son humeur.

*
**

La pièce des Créations semblait étonnamment calme. L'effervescence qu'il éprouvait à chaque création s'était envolée aujourd'hui. Le roi Paon observait le royaume et cette journée ensoleillée. Comment allait-il pouvoir justifier ce changement de temps aux habitants ? Lui qui d'habitude respectait, chaque mois, scrupuleusement les prévisions météo, n'avait pu le faire pour la toute première fois depuis qu'Abondance était né. Il avait beau détenir les nuages du ciel, voilà qu'il se trouvait confronté à une situation inédite : certains nuages montraient des signes de fatigue plus rapidement qu'il ne l'avait imaginé et rétrécissaient plus vite que prévu.

Pour le moment, il y avait assez de nuages pour maintenir la météo prévue à Abondance. Mais, il allait falloir modifier et restreindre quelques jours de pluie dans le mois.

– Albert ! Albert !

Albert qui était en train de lustrer les escaliers menant à la pièce des Créations, s'empressa d'entrer dans la pièce, presque essoufflé.

– Oui, monsieur Paon, que puis-je faire pour vous ?

– Entrez, Albert. J'ai besoin de vous ! Pouvez-vous me redonner la répartition des nuages dans les terres à l'extérieur d'Abondance ?

– Laissez-moi vous sortir le papier de votre tiroir… Voyons… Il y en a un peu partout : Les Temps, Cœur-Ouvert, Art-Souvenirs et la F…

– Oui, oui, je sais ça, s'agaçait le roi en coupant Albert.

– C'est ce qui avait été convenu lorsque vous les avez distribués pour empêcher de nouveaux arrivants…

– … De venir au royaume et limiter le nombre d'habitants dans le royaume pour que nous puissions les utiliser davantage. Je sais, je sais, Albert. Je sais tout ça ! vociférait le roi. Mais, il se trouve qu'aujourd'hui, je fais un triste constat… Certains nuages montrent des signes de fatigue. Ils rétrécissent plus vite que je ne le pensais… Il va falloir que je modifie la météo que nous avions installée jusque-là. Normalement, cela devrait suffire. C'est là que j'ai

besoin de vous. Par quel moyen suggéreriez-vous que je transmette ces informations à Abondance afin de ne pas éveiller l'inquiétude des habitants, Albert ?

– Eh bien, monsieur, je vous suggère de passer par l'Absorbe-Tête... Ainsi que par les Histoires-Défilantes, comme pour toutes les informations que vous diffusez. Chaque habitant possède au moins l'une de vos deux inventions et recevra votre message.

– Parfait ! Vous avez raison. Je vais vous dicter ce que nous allons leur dire avant que les questionnements ne deviennent trop nombreux. Vous pourrez les partager tout de suite après sur l'Histoire-Défilante, l'Explore-Infini et le Nuage-Partage. Allez-y.

Chers Abondanciennes et Abondanciens,
Vous avez constaté un changement de météo aujourd'hui. Nous devions avoir de la pluie et je vous ai proposé une journée ensoleillée.
Il s'avère que notre organisation météo sera désormais légèrement modifiée : au lieu de quatre jours de pluie, nous aurons désormais deux jours de pluie par mois.
Ceci afin de vous permettre de profiter plus pleinement de la majorité des boutiques et de l'extérieur du royaume.
Le roi Paon

– C'est envoyé.

– Merci Albert ! Vous pouvez retourner à vos occupations.

Le roi Paon, de nouveau seul dans sa pièce des Créations, était plutôt soulagé d'avoir pris cette décision et d'en avoir informé le royaume. D'un coup, il pensa aussi à sa fille Uma et à l'endroit où elle pouvait être. Cela faisait déjà trois jours qu'Albert avait trouvé le mot sur son lit et le lui avait donné. Uma avait toujours fait part à son père des questionnements qu'elle pouvait avoir sur des sujets concernant Abondance, mais de là à quitter le royaume avec un simple mot... *Pour oser quitter mon royaume, il faut vraiment qu'elle ait la tête hors des nuages comme... Ah, n'y pense plus*, se souvint amèrement le roi.

De retour dans sa modeste librairie, Karan avait commencé à réorganiser ses livres. Cela l'apaisait. Il aimait à se dire qu'en les rangeant, il rangeait son esprit. Pendant qu'il nettoyait délicatement le dos d'un livre, il se mit à repenser à sa drôle d'escapade dans la boutique Au Fil du Temps et à sa pause au bord de la fontaine. Acheter du temps pour le prolonger... C'est vrai que jusque-là, Uma et lui n'avaient jamais prêté attention à cette boutique et à ce qu'elle

proposait. Ils connaissaient et critiquaient le pendentif d'Uma, qu'elle n'utilisait d'ailleurs jamais. Mais ces fils à disposition de tous... Il ne se souvenait pas de l'inauguration de cette boutique.

Il sortit son Absorbe-Tête, sélectionna son Nuage-Partage et débuta un message pour prendre des nouvelles de son amie et lui faire part de sa découverte. Si elle avait été avec lui, c'est sûr, ils auraient ri de ces fils suspendus aux Absorbe-Tête.

Et pendant qu'il finissait d'envoyer son message à Uma, un bruit qu'il n'avait plus entendu depuis plusieurs jours retentit au sein de la boutique... Un tintement aigu et joyeux, celui de la clochette de la Tanière Enchantée. Pour la première fois depuis qu'il avait commencé à travailler là, quelqu'un d'autre qu'Uma venait d'entrer dans sa boutique.

– Quel endroit délicieux ! Comment ai-je pu passer tant de fois devant sans jamais le remarquer ?

87

Chapitre 7
Les leçons du Temps

Sa première nuit au Temps Suspendu fut l'une des nuits les plus reposantes qu'Uma avait passées depuis un moment. Le lit, bien que plus modeste que celui dont elle avait l'habitude, était si douillet qu'une fois blottie sous la couverture, c'était comme être dans un cocon duveteux. Elle n'avait pas quitté la petite plante des yeux. Uma aurait pu rester l'observer, la caresser et la sentir encore plusieurs minutes tant elle lui apportait une sérénité qu'elle avait peu ressentie jusque-là. Quelle délicate décoration ! Mais cette sensation fut rapidement coupée par la vision de son Absorbe-Tête lumineux. C'était un message de Karan.

Le coeur d'Uma se serra en lisant son message. Il lui racontait sa journée passée, sa visite dans la boutique Au Fil

du Temps et ces fils de couleur qui lui semblaient exagérés. Elle aurait aimé être avec lui. C'était la première fois qu'ils étaient séparés si longtemps et son absence lui faisait réaliser l'importance de leur amitié.

Elle repensait elle aussi à ces fils, qu'elle n'avait jamais utilisés mais dont elle connaissait l'usage. Le roi Paon l'avait ouverte il y a quelques mois, pensant apporter aux habitants encore plus de joie grâce à ce temps à exploiter. C'est vrai que Karan et elle n'avaient pas eu l'occasion d'en discuter. Jusque-là, ça n'avait pas été la boutique qui l'avait le plus étonnée.

Elle savait qu'elle était célèbre en dehors d'Abondance, comme Hortense lui en avait fait part. *Son message résonne avec les leçons d'Hortense... Je vais avoir plein de choses à lui raconter,* songea Uma. La jeune fille décida de laisser sa mélancolie au lit. Elle se para de sa tenue habituelle un peu salie par son voyage puis descendit rejoindre la vieille femme.

Hortense l'attendait déjà, avec son sourire affectueux qui semblait l'accompagner en toutes circonstances.

– Bonjour, ma p'tite Uma ! Est-ce que tu as bien dormi ? Tu es prête ? Deuxième jour au Temps Suspendu, deuxième leçon ! Mais avant, viens te remplir un peu l'estomac. On ne peut pas être pleinement concentré le ventre vide... Suis moi ! assura Hortense.

Uma entra dans la cuisine de l'auberge.

– Je t'ai préparé le petit déjeuner de l'auberge : fromage blanc au lait de brebis, que je reçois d'une amie du village, accompagné de dés de mangue cueillies au verger du Temps Suspendu hier avant ton arrivée ! Régale-toi. À tout à l'heure !

Hortense sortit de la cuisine pour laisser Uma déguster tranquillement son petit déjeuner.

C'était un plat authentique qui ne cherchait pas à impressionner, tout comme cet endroit.

C'était frais, simple et rempli de saveurs.

À la fin du petit déjeuner, Uma quitta la cuisine et rejoignit Hortense dans la pièce principale. Elle était accompagnée d'une femme et d'un homme.

– Uma, voici Hita et Dev. Ils seront avec toi pour les leçons de cette semaine. Ils habitent ici, dans notre village, et veulent comprendre un peu plus ce qu'est le temps. À plusieurs, on réfléchit mieux. Ça tombe bien, n'est-ce- pas ? Chaque leçon s'organisera de cette façon : je vous présenterai le thème du jour et nous échangerons ensemble. Vous aurez ensuite un exercice pratique à chaque fois.

Hortense donna à chacun un petit carnet accompagné d'un morceau d'écorce orangé.

– Je vous demanderai de noter UNE phrase à la fin de

chacune de nos leçons qui résumera ce que vous avez retenu. Est-ce que vous avez des questions avant de commencer ? J'ai si hâte ! s'empressa Hortense. Aujourd'hui, notre thème est *Prendre le temps*. À quoi pensez-vous ?

Hita prit la parole :

– Hier, lors de notre leçon en duo, on parlait de ralentir le temps pour mieux le vivre et le chérir. Je pense que prendre le temps, c'est être disponible pour saisir le moment qui se présente à nous.

– Et pour le saisir, il faut lui laisser de la place pour le voir arriver, ajouta Dev.

Uma écoutait, elle réfléchissait. Elle tentait de partager son opinion mais aucun mot ne sortait de sa bouche.

Hita ajouta :

– Si notre temps est rempli et complet, on court pour tenter de réaliser tout ce qu'on veut faire et on ne le saisit pas. On ne se rend pas compte qu'il s'envole sous notre nez.

Hita et Dev étaient des personnes très à l'écoute, souriantes. Leurs mains, jointes tendrement, renforçaient l'image de cet amour inébranlable qu'ils renvoyaient. Le regard d'Hita se posa affectueusement sur Uma. Elle se sentit un peu plus en confiance malgré son silence sur cette leçon.

– Quel plaisir, cette deuxième leçon ! Vous avez réussi à l'utiliser la première pour avancer sur le deuxième

sujet. Si je résume ce que vous avez dit, prendre le temps nécessite d'être bien présent pour le saisir et vivre pleinement le moment qui se présente. Est-ce que c'est ça ? Vous voulez ajouter autre chose ?

Elle attendit une éventuelle prise de parole. Et puisque personne ne le fit, elle reprit :

– Eh bien, continuons avec votre exercice pratique : cet après-midi, vous avez tout votre temps libre, pour rester ici ou aller au village, et tenter d'appliquer ces deux premières leçons. Vous écrirez ensuite une phrase, j'insiste bien, une seule phrase dans le petit livret que je vous ai distribué concernant la leçon d'hier et celle d'aujourd'hui, expliqua joyeusement Hortense. Allez, je vous dis à tout à l'heure pour le dîner !

Uma choisit une activité simple, une activité qu'elle n'avait encore jamais faite à Abondance une balade en pleine nature. Elle prit son sac en bandoulière, son Absorbe-Tête et sortit visiter l'étang qui longeait l'auberge. En voyant cet espace qu'elle ne connaissait pas, Uma sortit son Absorbe-Tête et utilisa son Capture-Moment. *J'enverrai ces images à Karan, il sera ravi !* se réjouit Uma. Lorsqu'elle eut fini de capturer les images qui lui plaisaient, Uma s'aperçut qu'elle piétinait un amas de fleurs. Absorbée par le Moment à partager à Karan, elle n'avait pas véritablement regardé le

paysage autour d'elle. Uma s'assit au bord d'un étang et posa ses mains dans l'herbe. Dans les livres de Karan, Uma avait déjà lu d'innombrables descriptions de paysages et de verdure mais jamais elle n'avait pu toucher ou sentir ce que pouvait procurer une simple pause dans l'herbe: la douceur de ce tapis végétal, le bruissement des petites branches au bord de l'eau, celui des feuilles dansant au gré du vent, la légère brise qui soufflait doucement sur son visage… Uma se sentait tellement chanceuse. Chanceuse car tous ses sens semblaient s'éveiller face à ce paysage, chanceuse de pouvoir saisir cet instant sans penser à tout ce qui venait après, chanceuse d'être là, tout simplement.

Elle resta encore une bonne partie de l'après-midi et somnola même, allongée dans l'herbe et les pieds dans l'eau. Avant de rejoindre les autres pour le repas, elle nota ces deux phrases dans le carnet qu'Hortense leur avait donné :

Ralentir son temps : ne plus courir derrière lui pour le saisir.
Prendre le temps : il faut renoncer à se surcharger d'activités pour saisir le moment.

Uma avait rejoint les autres. Une délicieuse odeur s'échappait de la cuisine. Hortense avait concocté un savoureux repas pour ses invités : sauté de poulet avec les légumes qu'offrait le potager de l'auberge, des choux-fleurs et des épinards marinés dans du gingembre. Hita et Dev étaient

déjà installés. Uma s'assit en face d'eux et Hortense la rejoignit. Elle servit les trois invités. La douceur des épinards mêlée à la saveur citronnée et piquante du gingembre laissèrent Uma éblouie.

Les repas au château étaient en général copieux. Bien sûr, Uma avait tout ce qu'il lui fallait. Elle n'avait même pas besoin de cuisiner puisqu'un nuage était chargé de créer leurs mets sur demande. Mais là, c'était différent. Hortense avait dédié son après-midi à préparer ce plat pour ses invités, elle s'en était donné à cœur joie. Chacun s'écoutait, se posait des questions sur ce qui l'avait conduit ici, d'où il venait… C'était sans doute l'une des premières fois qu'Uma appréciait être à table. Il y avait en cet instant des cœurs unis par les échanges et la vie ; quelque chose qu'elle n'avait jamais connu chez elle auparavant.

Déjà deux jours passés à l'auberge et deux leçons commencées. Il restait à Uma, Hita et Dev, trois leçons sur le temps avant la fin de leur séjour à l'auberge. La leçon d'aujourd'hui résonnait là encore avec les deux précédentes : *Vider son temps.*

– … Car, pour ralentir et prendre son temps, il faut accepter de ne plus le remplir. Il va falloir, pour certains d'entre vous, le vider afin de laisser place à l'imprévu, aux manifestations de la vie et surtout, surtout, à l'instant présent, conclut Hortense sur leur

échange de la journée.

Uma prit la décision ce jour-là d'enfermer son pendentif dans un petit sac de toile noué et de ne plus le sortir pendant son séjour à l'auberge. Il lui rappelait combien le temps était contrôlé chez elle. Elle n'en avait aucune utilité ici.

Le quatrième jour amenait la quatrième et avant-dernière leçon : *Modifier le temps.*

– Aujourd'hui, j'aimerais qu'Uma commence par nous faire part de son expérience sur l'utilisation et la modification du temps à Abondance, introduisit Hortense. Cela sera un excellent tremplin pour échanger sur notre avant-dernière leçon. Est-ce que tu peux nous en dire un peu plus sur le Fil du Temps à Abondance ?

– Je n'y suis jamais allée. Je sais juste que c'est un endroit très demandé au royaume. Au Fil du Temps est l'une des boutiques les plus chères pour les habitants, après celle des Histoire-Défilantes et de l'Absorbe-Tête, je crois. Au Fil du Temps vous permet de gagner du temps en choisissant le fil que vous voulez : plus le fil est long, plus vous gagnez du temps pour prolonger une activité. Un fil ne peut être utilisé que par une personne. Par exemple, le fil rouge, le plus court, permet d'allonger l'activité que l'on veut de dix minutes. Chaque fil ne peut être utilisé qu'une fois et

seulement sur les activités de toutes les boutiques d'Abondance. Vous ne pouvez pas les utiliser pour prolonger votre grasse matinée, par exemple, tenta de plaisanter Uma en voyant les mines déconfites d'Hita et Dev.

– Tu veux dire que, dans le royaume d'où tu viens, chacun peut allonger le temps selon ses moyens ? interrogea Hita.

– Oui, c'est ça… Les habitants peuvent ainsi profiter encore plus longtemps de leur activité.

– Quelle invention ! continua Dev. Je ne pensais pas que les humains réussiraient à jouer avec le temps pour leurs loisirs. Si on sait qu'on peut le prolonger, on n'en profite pas autant puisqu'on se dit que, de toute manière, on recommencera… C'est sans fin!

– C'est exactement ce que je me dis… rétorqua Uma, heureuse que ses pensées soient partagées à haute voix et par une autre personne qu'elle. Le temps ne peut revenir et il devrait encore moins être modifiable.

– Vous m'ôtez les mots de la bouche ! s'exclama Hortense. C'est ce que je voulais vous faire toucher du bout du doigt aujourd'hui : le temps est inchangeable. On peut le rallonger, vouloir le raccourcir mais le temps reste ce que l'on en fait au moment présent. Pas besoin de magie, tout est dans votre tête ! Les événements ne peuvent être changés. Le temps est

passé, présent et futur et ces moments ne peuvent être modifiés, même en les rallongeant.

Après ces cinq jours passés à l'auberge, cinq leçons et de nombreux repas emplis de convivialité, le moment était venu pour Uma de reprendre la route. En refaisant son lit en même temps qu'elle regardait sa plante ornementale sur la table de chevet, Uma sentait son cœur rempli de joie. Elle se souvenait de cette cinquième et dernière leçon qu'Hortense leur avait donnée la veille : *Le présent est déjà le passé*.

Chaque moment avait été si intense et riche en découvertes qu'Uma se sentait remplie de gratitude envers ces jours passés. Sans rien faire d'extraordinaire, elle avait tant appris avec Hita, Dev mais surtout avec Hortense et son hospitalité, sa générosité et sa joie contagieuse inégalables.

Elle descendit les escaliers en bois massif. Ils l'attendaient tous les trois en bas. Le couple l'enlaça chaleureusement en lui souhaitant un bon voyage. Qu'importe la destination, elle irait là où elle devait aller. Hortense, habillée de son sourire habituel, avait les yeux presque larmoyants.

– Je t'ai préparé mon petit déjeuner et ces deux plats pour que tu n'aies pas faim en route. Tu penseras à moi et mon auberge de cette façon ! Oh, tu vas me manquer ma p'tite Uma. J'étais heureuse de partager

mon expérience avec toi. N'oublie surtout pas ce que tu as écrit dans ton carnet et dès que tu en as besoin, relis-le. Il te sera précieux, j'en suis sûre.

– Merci infiniment Hortense. Je ne vous oublierai jamais. Ces moments ont été très précieux pour moi.

– Quelle est ta prochaine destination ?

Uma sortit la carte de son sac, ainsi que le deuxième feuillet.

– Eh bien, si j'en crois ce qui est écrit, je dois me rendre à Cœur-Ouvert, qui est environ à un jour de marche d'ici. Sur le feuillet, il est écrit :

Il nous connecte à l'autre.
Sans lui, je suis seul, enfermé.
J'ai besoin de lui pour grandir

– Je connais Cœur-Ouvert ! Je m'y rends de temps en temps pour rendre visite à une amie, se réjouit Hortense en griffonnant sur le deuxième feuillet. Je te donne son adresse. Elle pourra peut-être t'héberger et t'accompagner. Prends soin de toi, ma p'tite Uma ! Tu vas y arriver, n'abandonne pas !

Sur ces derniers mots, Uma quitta le Temps Suspendu. Avant de continuer, elle se tourna vers l'auberge et prit le temps de la contempler quelques instants. *Elle porte bien son nom. J'aurais aimé arrêter le temps pour y rester*

encore un instant. Uma pensa à son pendentif. Elle se ravisa. Il ne marchait que sur les activités d'Abondance. Excepté pour l'heure, il ne lui était plus d'aucune utilité. Elle repensa à ses leçons. Ce qui rendait le temps précieux était sans doute la rareté à laquelle on le saisit, et surtout la rareté à laquelle on perçoit son envol.

Après quelques heures de marche, elle s'installa contre un arbre, à l'ombre. La fraîcheur qu'il lui procurait, mêlée à la douce mélodie des oiseaux perchés sur ses branches, la reposa.

Elle ressortit le carnet qu'Hortense lui avait offert lors de leurs leçons et relut les phrases qu'elle avait notées.

... savourer ce qui est là, saisir le moment.
Vider son temps : laisser la place aux manifestations de la vie pour s'ouvrir sur ce qui nous entoure
Modifier le temps : il est inchangeable et reste ce qu'il est
Le présent est le passé : il défile si vite qu'il faut savourer chaque instant car il appartient déjà au passé

Elle ne souhaitait plus courir après le temps. Qu'importe le nombre de jours, de semaines qui l'attendaient avant sa destination, elle y arriverait, en prenant le temps de vivre les moments qui se présenteraient à elle.

Cœur-Ouvert, je t'accueille à bras ouverts, sourit Uma.

PARTIE III

LE MOTEUR DU COEUR

Chapitre 8
L'inspireuse d'Abondance

Karan mit quelques secondes avant d'accueillir sa nouvelle cliente. Il s'attendait à beaucoup de choses depuis le départ d'Uma mais certainement pas à recevoir une cliente dans la Tanière Enchantée. La jeune fille, postée devant lui, arborait un large sourire en le fixant de ses grands yeux noisette. Elle semblait attendre un mot de sa part. De taille moyenne, ses cheveux sombres aux reflets bleu nuit et sa peau mate lui conféraient une mine extraordinaire. Son pantalon clair, légèrement froissé et son t-shirt ample qui retombait sur ses hanches lui donnaient une allure à la fois décontractée et pleine d'énergie.

Voyant que Karan n'engageait pas la conversation, elle reprit :

– Bonjour, je suis Asha. C'est la première fois que j'ose franchir les portes de ta boutique et... Quel endroit exquis ! Je ne sais pas comment j'ai fait pour le louper jusque-là !

– Oh, euh, eh bien... Merci, balbutia-t-il. Moi, c'est Karan, propriétaire de la Tanière Enchantée. Comme tu peux le voir, ce n'est pas une boutique pour laquelle les habitants se passionnent... Je vends des objets que le roi Paon n'apprécierait pas de découvrir.

– Oui, et c'est pour ça que je l'adore ! Ta boutique a l'air si authentique !

Karan se sentit un peu plus en confiance face à l'enthousiasme de l'adolescente.

– Oh, tu as déjà vu ou lu un livre ? Je peux t'en conseiller avec plaisir ! Tu vois, je n'ai qu'une unique allée... Pour le moment. Les deux étals sont composés de tous les livres que mon père et mon grand-père avant lui ont pu récupérer ou amener de l'extérieur d'Abondance.

– C'est magnifique ! Je n'ai jamais vu de livre mais ma grand-mère m'en parlait si souvent et regrettait une chose, leur absence dans le royaume. Elle me disait toujours que les livres paraissaient effrayants pour toute la liberté qu'ils contiennent... Je pense que le roi a peur des idées qu'ils pourraient donner aux habitants.

– Je n'aurais pas dit mieux, sourit Karan.

– J'ai toujours rêvé d'en toucher un, de l'ouvrir et d'en feuilleter les pages. Est-ce que je peux... ?

– Bien sûr ! se réjouit Karan. Ils sont là pour ça.

– Merci, merci !

Asha était si émue. Il y avait beaucoup de choix et elle avait envie de tous les découvrir. Elle décida de prendre le livre qui se trouvait juste en face d'elle : *Les écoles de nuit.*

– C'est sans doute l'un des livres les plus émouvants que j'aie eu l'occasion de lire, déclara Karan. Tourne le livre et, sur cette face qu'on appelle la quatrième de couverture, tu auras une présentation courte de l'histoire. C'est ce livre qui m'a donné envie d'aller à l'école. Et j'ai compris pourquoi il n'y en avait pas ici.

Asha retourna avec hâte le livre qu'elle venait de prendre quand l'Absorbe-Tête de Karan s'illumina.

– Oh, c'est mon amie Uma, dit-il en ouvrant avec enthousiasme les Moments envoyés par Uma. Ses joues s'empourprèrent. Elle vient de me partager plusieurs Capture-Moments de son voyage en dehors du royaume.

– Uma? Tu veux dire... la fille du roi ? J'ai toujours eu beaucoup d'admiration pour elle, elle semble si confiante ! Et sa chevelure émeraude... Elle est si belle et unique ! Mais être la fille du roi Paon ne doit pas tous les jours être facile. Que fait-elle en dehors

d'Abondance ?

– Malheureusement, je ne peux pas trop t'en dire. Mais, je peux te le confirmer, Uma est, à l'inverse de son père, une personne qui a la tête hors des nuages, une véritable aventurière ! dit-il avec admiration.

– Moi aussi... J'aimerais partir à l'aventure, songeait Asha. J'ai l'impression que toutes les activités proposées nous éloignent les uns des autres... Chacun fait son activité, utilise son Absorbe-Tête pour se mettre en avant... Mais finalement, on est souvent seuls. Et si c'était différent ailleurs ? Excuse-moi, je parle beaucoup, s'arrêta-t-elle, baissant les yeux.

– Je suis ravi de pouvoir t'écouter. Uma serait heureuse de t'entendre aussi. Pour les Absorbe-Têtes, Uma et moi étions plutôt inquiets quand le roi les a présentés... Nous avions l'impression d'être les seuls à ne pas nous en réjouir.

– Ah non, je peux te dire que moi aussi, l'Absorbe-Tête m'étouffe ! Est-ce que tu as entendu parler de Juhi ? s'agaça Asha.

– Euh, pas du tout... Je regarde peu mon Absorbe-Tête, sauf pour m'assurer qu'Uma va bien. Qui est Juhi ?

– Tu as l'air de beaucoup tenir à elle, sourit Asha avant de reprendre. C'est l'inspireuse numéro un, LA femme que chaque habitant d'Abondance suit grâce à

son Absorbe-Tête !

Karan n'avait pas besoin de répondre. Son coeur s'emballait en pensant à Uma et leurs retrouvailles. Les taquineries d'Asha le sortirent de ses pensées.

Elle riait en disant qu'on voyait bien qu'il utilisait peu son Absorbe-Tête ou même les informations des Histoires-Défilantes. Elle lui raconta que les inspireuses et inspireurs étaient apparus en même temps que le Nuage-Partage. Certaines personnes partageaient beaucoup de leurs Capture-Moments et les habitants pouvaient choisir de s'inscrire aux Nuage-Partage des personnes qu'ils souhaitaient suivre. Juhi était la personne avec le plus d'habitants inscrits à son Nuage-Partage. Ils étaient bientôt la moitié d'Abondance à la suivre !

Sa routine habituelle commençait. Tous les jours, Juhi s'astreignait à des horaires scrupuleux pour sa pratique. Chaque activité était chronométrée et organisée pour lui permettre de tout réaliser en un temps imparti : sa routine beauté, sa routine nutrition, sa routine sportive, sa routine publicité et sa routine sociale. Depuis qu'elle était devenue l'inspireuse principale d'Abondance, son quotidien était rythmé par ces pratiques qu'elle partageait quotidiennement aux habitants qui s'étaient inscrits à son Nuage-Partage.

En découvrant l'Absorbe-Tête, elle ne s'attendait pas à avoir tant de personnes à ses côtés. Elle n'en connaissait presque aucune ! Il était vrai qu'on lui répétait souvent que c'était une jolie femme. Elle avait choisi d'exploiter ce compliment via son Nuage-Partage en capturant des images de sa silhouette dans des postures flatteuses – qu'elle avait beaucoup étudiées – et de son visage. Ces images représentaient la majorité de ses partages, sauf lorsqu'elle présentait un objet de l'une des boutiques d'Abondance pour les mettre en avant. Ah, l'Absorbe-Tête avait changé sa vie ! Elle se passionnait désormais pour son image et les retours qu'elle en recevait. Tout le royaume pouvait l'envier.

Alors qu'elle flânait dans la rue Passe-Temps, l'une des plus petites rues d'Abondance, pour préparer sa routine publicitaire, une jeune fille l'interpela. Elle avait reconnu Juhi au loin et souhaitait faire un Capture-Moment avec elle. Elle commença par lui raconter comment elle l'avait connue et combien elle aimerait lui ressembler. Juhi faisait mine d'écouter la jeune fille mais en réalité, cette petite personne lui faisait perdre son temps !

Elle n'avait pas quitté son Absorbe-Tête des yeux. Cette inconnue n'en valait pas la peine. Il y avait tout de

même quelques inconvénients à être l'inspireuse numéro un d'Abondance... Il fallait sourire et se montrer disponible envers chaque personne qui se présentait, même si Juhi n'en avait jamais envie.

Qui étaient ces gens par rapport à sa notoriété ? Ils ne représentaient rien comparés à elle et ce qu'elle avait construit. Certes, ils lui avaient permis d'être inspireuse mais que leur devait-elle ? Rien. Il fallait bien se l'avouer, la plupart des personnes, sauf elle, quelques autres inspireuses et le roi Paon, n'avaient ni son élégance ni sa beauté. Ce qu'elle avait construit grâce au Nuage-Partage était sa plus grande réussite.

La réussite personnelle pour tous, quelle invention ! Heureusement, ici à Abondance, on ne leurrait pas les habitants. Le roi Paon définissait la réussite – et c'est cette explication que l'on retrouvait sur l'Explore-Infini – de cette façon : *n.f Succès d'une personne en affaires se manifestant par une notoriété certaine, une célébrité évidente ayant en sa possession des objets d'une valeur inestimable.* Avec cette définition, Juhi et les habitants savaient qui pouvait prétendre avoir réussi ou non. Et, incontestablement, tous n'avaient pas réussi. Ils s'accrochaient à la réussite de Juhi et des autres, en espérant eux aussi obtenir cette réussite un jour.

Bon, assez pensé, il était temps pour Juhi de lancer sa routine publicitaire. Elle allait bientôt être en retard dans son

programme quotidien. Aujourd'hui, la boutique Eaux-Vives, avait monnayé Juhi pour qu'elle parle de leurs produits aux habitants. Celle-ci étant située dans une rue un peu plus discrète, certains habitants ne s'y aventuraient pas facilement.

L'inspireuse du moment avait bien regardé les produits proposés par Eaux-Vives et devait admettre qu'ils avaient du potentiel. Cette boutique tombait à pic, surtout avec les changements de météo annoncés par le roi Paon ; et c'est ce sur quoi Juhi allait insister pour convaincre les futurs clients.

– Bonjour, mes petits inscripteurs ! Aujourd'hui, on se retrouve dans un univers que vous ne connaissez peut-être pas encore… Si c'est le cas, je vous garantis qu'après m'avoir vue tester leurs activités et produits, vous vous y rendrez aussitôt ! Saluez Mayim, votre conseillère chez Eaux-Vives !

– Bonjour à tous et bienvenue chez Eaux-Vives, déclara Mayim, un peu gênée. C'était la première fois qu'elle s'essayait à cet exercice. Ici, dans notre boutique, nous avons à cœur de vous procurer un moment à la fois de jeux et de détente, tout en vous rafraîchissant.

Juhi ajoutait :

– N'est-ce pas un endroit parfait, mes inscripteurs, avec la météo qui court ? Regardez, toutes ces

possibilités qui s'offrent à vous !

Et Juhi filmait en direct plusieurs Capture-Moments pour ses inscripteurs. Elle dévoila les différentes activités proposées par Eaux-Vives : du torrent déchaîné à la cascade gigantesque, le parc aquatique proposait de se baigner dans des eaux de beauté créées et imaginées par Mayim. Parmi les produits proposés, on pouvait trouver l'Eau Satinée, l'Eau de la Sérénité, et plein d'autres encore.

Juhi était conquise. Elle allait ajouter cette boutique à sa routine quotidienne. De cette façon, elle pourrait se rafraîchir pendant les périodes de grosses chaleurs et ça, c'était un vrai luxe. Mayim lui offrit une carte de fidélité avec des réductions très importantes, à condition que Juhi continue de parler et présenter régulièrement ses moments passés aux Eaux-Vives. Décidément, la vie d'inspireuse était si sophistiquée, Juhi ne reviendrait plus en arrière.

Le roi Paon pensait à ses débuts dans Abondance, à tout ce qu'il avait construit jusque-là. Il n'avait pas mis les pieds hors du royaume depuis… Oh, depuis plusieurs dizaines d'années maintenant. Mais il ne pouvait se permettre de quitter le royaume. Il devait rester là pour le gouverner ; les habitants avaient besoin qu'il les occupe chaque jour.

Reverrait-il Uma ? Et où était-elle ? Et si sa fille rencontrait... Et qu'elle lui racontait... *Non, impossible*, s'arrêta le roi. Il chassa vite cette idée de sa tête. Quelque peu rassuré, il revint à son rituel quotidien : partager les nouvelles d'Abondance sur les Histoires-Défilantes et l'Explore-Infini.

Il appela Albert qui, comme à son habitude, se tenait droit devant lui, son Absorbe-Tête à la main avec toutes les informations recueillies de la journée.

– Monsieur Paon, je vous ai fait l'inventaire des différentes nouvelles de ce jour. Comme d'habitude, je vous les lis et vous me direz lesquelles nous partagerons aux habitants ce soir.

Le roi Paon écouta attentivement Albert qui débitait ses différentes nouvelles. Ils en sélectionnaient trois par jour – les plus satisfaisantes – pour ne pas ennuyer le peuple et les étourdir par un surplus d'informations. Albert les lissait pour les envoyer le soir-même aux habitants : le taux de satisfaction à propos du changement météo – qu'il augmenta légèrement –, Juhi, la nouvelle fierté d'Abondance, visitant les Eaux-Vives, les nouveautés proposées par l'Absorbe-Tête.

– Quelles bien jolies nouvelles ! se réjouissait le roi. Encore une belle journée bien remplie pour les habitants et de nouveaux espoirs à naître avec cette inspireuse.

Chapitre 9
Les fleurs d'Agapé

Cette nuit-là, Uma dormit peu. Elle fut réveillée à plusieurs reprises par un rêve étrange, un rêve qu'elle n'avait jamais fait auparavant. Elle se souvenait de peu de choses si ce n'est cette inquiétude qu'elle éprouvait en se réveillant. Un événement se répétait sans qu'elle ne parvienne à s'en rappeler. Les seuls souvenirs qui lui venaient à l'esprit étaient ceux d'un abri en bois, en plein milieu d'une forêt. Et le bruit d'une voix. Une voix douce et bienveillante.

On venait frapper à sa porte. C'était Agapé, l'amie d'Hortense. La jeune fille était arrivée la veille après une journée de marche à Cœur-Ouvert. Elle s'était arrêtée à l'adresse donnée par la propriétaire du Temps Suspendu.

Agapé était une femme d'un certain âge, certainement de celui d'Hortense. Son visage exprimait une générosité et une tendresse rares, telles une douce lumière veillant dans la nuit. Uma s'était tout de suite sentie en confiance lorsqu'elle l'avait vue, exactement comme lors de sa rencontre avec Hortense.

– Les amis d'Hortense sont mes amis.

Elle l'avait immédiatement accueillie, sans ajouter un mot. Si Hortense avait donné à cette jeune fille son adresse, il devait y avoir une très bonne raison.

– Bonjour ma douce, j'espère que la nuit a été réparatrice. Le petit déjeuner est prêt, si tu souhaites te joindre à moi.

– Bonjour Agapé. Merci beaucoup. J'arrive tout de suite.

– Prends ton temps, je t'attends de l'autre côté.

Agapé referma doucement la porte pour la laisser se changer calmement. Une fois prête, en sortant de la chambre, Uma redécouvrit la pièce de vie d'Agapé à la lumière du jour. Ce devait être sa pièce principale au vu de la cuisine et du fauteuil qui l'habillaient. Sa demeure était à son image : accueillante, fleurie et douillette. Des centaines de fleurs suspendues décoraient le plafond de la pièce centrale. La jeune fille ne pouvait s'y sentir qu'apaisée.

– Elles sont superbes, n'est-ce pas ?

– Oui... C'est magnifique, s'émerveilla Uma.

— J'apprécie cueillir des fleurs de toute sorte et les sécher. Je ramasse au moins une fleur par jour.
— Votre plafond est superbe, il sent si bon ! Je dois dire que vous avez beaucoup de goût. C'est la première fois que je vois des fleurs, à vrai dire... ajouta Uma, gênée.
— Veux-tu en prendre une et la sentir ? Elles ont séché et ne sont plus aussi douces que lorsqu'elles étaient fraîches, mais elles gardent toujours une odeur très agréable.
— Avec plaisir.
— Voyons voir... Je peux te décrocher... La rose, sans doute l'une des fleurs les plus communes mais aussi les plus appréciées. L'hortensia, plutôt imposant mais si doux. La gypsophile, discrète et majestueuse. Ou encore l'orchidée...

Agapé était une véritable passionnée des fleurs. Elle confia à Uma qu'elles étaient pour elle comme le cœur des humains : chacune avait sa taille et sa sensibilité mais toutes avaient une beauté singulière.

Sur ces confidences, Agapé et Uma se promirent d'aller à la cueillette des fleurs lorsque le soleil serait un peu plus bas dans la soirée.

— Avec tout ça, nous n'avons même pas encore échangé sur ton arrivée à Cœur-Ouvert. Pourquoi es-tu arrivée ici ma douce ?

— Eh bien, ça fait déjà plus d'une semaine, j'ai reçu chez moi une drôle de boîte... Et quand je l'ai ouverte, il y avait une carte et quatre feuilles à l'intérieur. Je ne sais pas encore où la carte veut me mener ni pourquoi mais j'espère le découvrir.

— Est-ce-que tu as cette boîte avec toi ? Peut-on la regarder ensemble ?

— Bien sûr Agapé, tu pourras peut-être m'aider à résoudre la deuxième énigme.

— Avec plaisir, ma douce ! J'adore les énigmes !

Uma partit chercher la boite dans sa chambre. Elle l'ouvrit, en sortit la carte et le deuxième feuillet, referma la porte derrière elle et les posa sur la table face à Agapé, pressée qu'elle lui partage son avis. La vieille femme, caressant doucement la boite du bout des doigts, reconnut tout de suite le grain du papier utilisé. D'après ses connaissances, il était utilisé pour les grandes occasions et les personnes auxquelles on tenait énormément. La fabrication demandait beaucoup de temps avant d'obtenir ce grain et cette texture.

— Ce doit être une personne qui tient beaucoup à toi, Uma.

— Je ne connais personne en dehors d'Abondance...

— Il était peut-être temps pour toi que tu ailles à sa rencontre. Pour ce qui est de ton énigme, je pense que c'est au cœur de notre village que tu découvriras

ta réponse. Je t'accompagnerai demain, si tu le souhaites.

En disant ces mots, Agapé souriait tendrement à Uma. La jeune fille avait passé l'après-midi dans la pièce aux fleurs séchées où elle avait découvert les quelques livres d'Agapé pendant qu'elle était sortie dans le village.

Un livre en particulier retint son attention, *Le langage des fleurs*. Tout en le feuilletant, elle s'était amusée à rechercher les fleurs et leur nom parmi celles suspendues dans la maison de la vieille dame. Elle était fascinée par leur diversité. Uma s'apercevait du bien que lui procuraient ces moments calmes où l'on n'avait pas à se presser, à regarder sans cesse l'heure pour courir après la prochaine activité.

Comme promis, Agapé vint la chercher en fin de journée, lorsque le soleil se faisait moins ardent, en portant deux paniers plats de cueillette qu'elle avait tressés elle-même. Elle était coiffée d'un joli chapeau fleuri, et en tenait un second dans sa main : elle l'avait préparé spécialement pour Uma, pensant qu'il s'accorderait parfaitement à ses cheveux.

– Ces couvre-chefs seront très utiles pour nous protéger des rayons du soleil, pendant que nous nous émerveillerons face à la beauté des fleurs, jubilait Agapé. L'heure dorée est sans doute le plus beau moment de la journée pour les admirer.

La maison d'Agapé se situait en contre-bas. Il fallait prendre le sentier attenant à son jardinet pour rejoindre le chemin qui menait au plus bel endroit du monde, selon Agapé. Elles prirent le petit chemin, arboré et verdoyant, où les rayons du soleil habillaient les feuilles et le sol d'un délicat voile d'or. L'ambiance était presque féerique.

Arrivées en haut du sentier, il fallut quelques temps à Uma pour réaliser que ce moment était bien réel. Du haut du chemin, Agapé et Uma avaient une vue imprenable sur cet espace, rempli de fleurs. Après l'étang de l'auberge, Uma pensait qu'elle ne verrait rien de si ravissant. Son cœur paraissait s'être arrêté quelques secondes, saisi par la découverte de ce champ aux reflets multicolores.

La vue était somptueuse : le soleil leur offrait ses rayons d'un jaune miel et donnait l'impression aux fleurs d'être sous une pluie de minuscules étoiles dorées. Les fleurs, mélangées, étaient de toutes les tailles, de toutes les formes et de toutes les couleurs. Elles poussaient sauvagement dans cet endroit car les villageois leur laissaient la liberté de grandir où bon leur semblait. Agapé, dans sa douceur habituelle, caressa délicatement la main d'Uma qui détourna, non sans difficulté, la tête de ce paysage idyllique pour la regarder.

– Prête pour la cueillette, ma douce ? Son visage, face à l'éclat du soleil, était sans doute le visage le plus accueillant qu'Uma ait vu. Son sourire marquait davantage la générosité qui émanait de ses yeux.

— Comme jamais ! Comment t'organises- tu quand tu fais ta cueillette ?

— Je vais où le cœur me mène… Je cherche tantôt de nouvelles fleurs, tantôt des fleurs que j'apprécie retrouver encore chez moi. Laisse-toi porter ! Nous nous rejoindrons après, quand tu auras terminé. Je suis sûre que tu commenceras à percevoir la réponse à ton énigme. Si ça te rassure comme ça, tu peux t'aider de mon livre pour découvrir les fleurs. Allez, à tout à l'heure.

Agapé tendit le livre *Le langage des fleurs* à Uma, en lui faisant un clin d'œil. Elle avait remarqué qu'il avait été ouvert plus tôt dans la journée. Elle le prit contre elle et suivit son hôtesse pour rejoindre le champ de fleurs. Arrivée en bas, elle se dirigea vers la gauche pour découvrir les arbustes de fleurs qui s'étaient formés. Ils semblaient délimiter la fin du champ par leur alignement et leur hauteur légèrement plus imposante que le reste des plantes présentes dans le champ.

Uma reconnut les hortensias dont lui avait parlé Agapé. Bleus, violets, roses, blancs… Ils étaient superbes. Uma en prit un de chaque qu'elle déposa dans son panier. En longeant ces buissons, elle découvrit une variété de fleurs encore plus impressionnante.

L'adolescente décida de poser le livre dans le panier et de cueillir celles qui l'inspiraient par leur forme, leur couleur

ou même leur odeur. Chacune d'elles était si particulière. Elle regarderait ensuite avec Agapé leur nom. Uma était sûre qu'elle aurait une anecdote pour chacune d'elles.

Elle décida de s'allonger parmi les fleurs un moment, fermant les yeux, en savourant la douceur de cette heure dorée menée par le soleil. Inspirant profondément, le parfum de l'air offert par les fleurs enveloppait son esprit. Jamais elle ne s'était sentie si apaisée depuis les premiers jours de son voyage. Quelques instants plus tard – elle n'aurait su dire combien de temps avait passé – une voix retentit :

– Uma ! As-tu trouvé ton bonheur ?

Uma se redressa et lui fit un signe de la main.

– Je suis là, Agapé !

– Rejoins-moi, la nuit ne va pas tarder à tomber. Il nous faut rentrer. Nous nous partagerons nos trouvailles en rentrant.

Agapé avait raison. Il faisait déjà nuit noire lorsqu'elles arrivèrent dans la maison. Elle alluma plusieurs bougies dans sa pièce circulaire.

– Pose ton livre et ton panier ici. Nous allons regarder notre cueillette. As-tu utilisé le livre dans le panier ?

– Finalement, non. Au début, je pensais le prendre mais... Uma marqua une pause. Je me suis laissée

bercer par ce que les fleurs me murmuraient.

– Bravo, ma douce ! Tu as réussi à ouvrir ton cœur aux fleurs. Grâce à cela, tu vas pouvoir ouvrir ton cœur aux autres.

– Comment ça ? Je ne vois pas comment tu peux comparer les fleurs au cœur des humains.

– Par exemple, si l'on en croit *Le langage des fleurs* et ta cueillette, tu as ramassé un oiseau de paradis, une fleur haute en couleur qui symbolise souvent la détermination. Mais, tu as aussi ramassé un hibiscus rouge qui renvoie à la confiance et la reconnaissance… Ta cueillette nous signifie qu'après beaucoup de volonté et de persévérance, tu seras reconnaissante du chemin parcouru et de ce que tu auras accompli.

Voyant Uma pensive et douteuse, Agapé continua :

– Je ne me suis jamais trompée, tu verras ! Les fleurs disent toujours la vérité et ouvrent le cœur de ceux qui les partagent et les reçoivent. Chaque cœur a besoin d'un terreau fertile pour grandir. Il ne sera que sublimé par la beauté de son environnement. Pour les fleurs, ce sera le soleil, la pluie, la mise dans des parterres ou des bouquets pour les accorder. Eh bien, pour le cœur des humains, c'est pareil. Chaque cœur doit trouver ce qui l'accorde aux autres pour être sublimé. Sais-tu ce dont ton cœur a besoin pour

s'épanouir et trouver sa place ?

La nuit qui suivit, le discours d'Agapé souleva chez Uma beaucoup de questions, sans parler de l'énigme qu'elle n'avait pas encore résolue… *Il nous connecte à l'autre. Sans lui, je suis seul, enfermé. J'ai besoin de lui pour grandir…* L'énigme, les propos d'Agapé, la sortie au village, tout semblait lié par un même mot, mais lequel ?

Uma décida d'attendre sa virée à Coeur-Ouvert le lendemain pour y voir plus clair. Elle devrait trouver la réponse avant de continuer son voyage.

Chapitre 10
Coeur-Ouvert

Ce matin-là, Uma fut rapidement tirée de son sommeil. Elle venait de se rendre compte qu'elle n'avait pas donné de nouvelles à Karan depuis son arrivée à Cœur-Ouvert. Son Absorbe-Tête était resté depuis un moment dans son sac. Elle le sortit pour voir s'il ne lui avait pas donné de ses nouvelles en retour. Karan lui manquait. Sa voix, sa manière de nettoyer ses livres, son humour… Elle lui écrirait à la fin de la journée.

Le temps ici était bien différent de celui à Abondance. Elle avait l'impression qu'il était plus long et en même temps bien plus intense. Elle ne s'était pourtant pas rendue compte des jours passés depuis son arrivée ici. C'était agréable de se laisser bercer par ce que le quotidien offrait. Comme la

veille, Agapé avait donné le temps à Uma de se lever et se préparer tranquillement pendant qu'elle dressait la table pour le petit-déjeuner. Elle était levée depuis quelques temps et avait commencé à sécher les fleurs cueillies la veille.

– Merci Agapé pour hier. C'était magique. J'ai essayé de repenser à tout ce que tu m'as dit, sur les fleurs et le cœur des humains, sur mon énigme… Je n'y arrive pas.

– Bonjour, ma douce. La nuit a dû te sembler longue. Ne t'en fais pas, je suis certaine qu'à la fin de la journée, tu auras les réponses aux questions que tu te poses. Tu pourras continuer ton chemin tranquillement, le cœur ouvert, sourit Agapé.

Comment pouvait-elle être si confiante alors qu'elle ne la connaissait que depuis deux jours ? Et si Uma la décevait parce qu'elle n'arrivait pas à trouver la réponse ? Voudrait-elle l'aider par la suite ? Resterait-elle bloquée jusqu'à ce qu'elle ne trouve la réponse ? Bon, être bloquée avec Agapé et le monde des fleurs ne semblait pas si terrible… Mais ça n'était pas ce qu'Uma souhaitait. Sa place était ailleurs, elle le sentait.

Elle prit rapidement son petit déjeuner, et se hâta d'aller chercher son sac pour aller au cœur du village. Agapé avait décidé de l'accompagner pour lui montrer le village et son organisation.

Après seulement quelques minutes de marche, voilà qu'elles se trouvèrent au cœur du village. Agapé, munie d'une carte de Cœur-Ouvert qu'elle avait souhaité présenter à Uma, l'interrogea sur ce qu'elle remarquait. La jeune fille n'avait jamais vu une disposition pareille… À Abondance, toutes les rues et maisons étaient alignées ; chacune ayant la même superficie que les autres.

Ici, le cœur du village était composé de cinq maisons formant un cercle. Chacune d'elle était accessible par une allée étroite. À l'intersection de ces cinq allées, un joli cercle de verdure les reliait. Les maisons des villageois semblaient construites autour de ces cinq bâtiments.

– Ces cinq maisonnettes nourrissent Cœur-Ouvert et tous les habitants, commença Agapé. Peux-tu me dire leurs noms, si tu les vois sur la carte ?

– Je vois… La maison de l'Honnêteté, de la Bienveillance, du Partage, du Respect et de la Confiance.

– Et à quoi peuvent-elles servir, selon toi ?

– Je suppose que tu vas me le dire… sourit Uma.

– Tu as raison. Chacune d'elle abrite une valeur du cœur que nous devons nourrir pour être connectés les uns aux autres et à soi. Chaque habitant peut entrer à tout moment dans l'une de ces maisonnettes s'il ressent le besoin d'alimenter une de ces valeurs. Aujourd'hui, nous allons nous rendre dans chacune de

ces maisonnettes. Je suis sûre qu'elles t'aideront sur ton parcours. Laquelle veux-tu visiter en premier ?

Uma choisit de commencer par la maisonnette du Partage. Celle-ci était tenue par deux créatures bien étranges. Uma ne les avait jamais vues et pourtant, elles lui paraissaient familières. Elles devaient mesurer environ la taille de sa jambe. Assez petites, leur corps était recouvert d'un long pelage blanc aux reflets nacrés. Uma aurait presque eu envie d'y plonger sa main tant il paraissait lisse et soyeux. Leurs quatre pattes allongées et leur queue leur donnait une agilité et une flexibilité dont les humains pouvaient être envieux.

– Ce sont des districoeurs, commença Agapé. Ces créatures proviennent …

Sa mémoire lui revenait. Elle les avait imaginées dans son livre *Voyage au coeur de la Forêt Emeraude.*

– Non, c'est impossible… De la Forêt Émeraude ?

– Oui, c'est bien ça. Tu connais cet endroit ?

– Pas vraiment… Je l'ai lu dans un livre. Mais pour moi, c'était un endroit imaginaire ! Comment c'est possible ?

– Eh bien non, la Forêt Emeraude existe réellement, ma douce. Ces créatures sont venues jusqu'ici pour nous accompagner dans les valeurs du cœur. Elles ne

peuvent pas nous révéler le secret de la forêt. On dit que c'est un endroit magnifique où seuls les humains choisis par la forêt pourraient l'apercevoir. Personne, à ma connaissance, n'y a jamais mis les pieds. La forêt se cache pour se préserver.

— Je ne pensais pas qu'elle pouvait exister ! Incroyable ! s'exalta Uma.

— La Forêt Émeraude est très discrète.

Uma était abasourdie. La Forêt Émeraude, réelle ? Elle voulait tant la découvrir ! Mais le feuillet dans sa poche lui rappela vite sa mission. Trouver le mystérieux expéditeur et la raison de son envoi. Ensuite seulement, elle pourrait peut-être tenter de trouver la forêt.

— Revenons à cette maison. Tu vois, les districoeurs tiennent chacune ces maisons depuis une dizaine d'années maintenant et tentent de partager ce que la forêt propose. Eux seuls ont la clé pour fabriquer les médaillons que nous portons.

Uma n'avait pas prêté attention aux médaillons que portaient bon nombre de villageois dans la maisonnette. Ils avaient, en effet, chacun le même. Un districoeur vint à la rencontre d'Uma et lui déposa un pendentif en forme de cœur autour du cou. Il était maintenu par une chaîne beige tissée. Le cœur était fait d'un verre épais, divisé en cinq morceaux de couleurs différentes.

– Pourquoi tu n'as pas ce médaillon, toi ?
– Je l'ai eu, il y a un certain temps, comme toi. Mais maintenant je n'en ai plus besoin. Attention à ne pas briser ton cœur. Ceux qui ont eu leur cœur brisé ont bien eu du mal à remplir de nouveau leurs compartiments. Mais ça, ce sera pour plus tard… Aujourd'hui, je suis seulement là pour t'accompagner, sourit Agapé.
– Que dois-je faire maintenant ?

Uma se sentait décontenancée, presque agacée. Comment allait-elle pouvoir trouver la réponse à ce qu'elle cherchait face à des créatures muettes ? Et Agapé n'avait pas l'air décidée à lui donner le moindre indice ! Elle allait interpeler la vieille femme pour lui partager ce qu'elle pensait quand une lumière orange apparut et jaillit autour d'elle, surgissant de son médaillon. Uma se figea, tourna la tête vers Agapé dont le sourire traduisait une satisfaction difficile à cacher puis fixa cette lumière qui envahissait son champ de vision. Cette lumière orange était si scintillante qu'elle paraissait irréelle. Une douce voix s'adressait à elle :
  – Pour partager, ton cœur doit être apaisé, ouvert à recevoir l'autre et à donner. Tu as tant de choses à partager : ton temps, ton écoute, ta présence, une parole… Choisis bien ce que tu souhaites partager et avec qui le vivre. Alors, ton cœur s'ouvrira et tu

pourras recevoir tout l'Amour dont tu as besoin.

Et la voix s'en alla aussi vite qu'elle était apparue. La lumière s'estompa pour laisser place à une lumière plus pâle et discrète, dans un des compartiments du médaillon en forme de cœur.

– As-tu entendu, Agapé ? As-tu entendu cette voix ?! Uma avait le cœur qui battait la chamade.

– Non, ma douce. Je n'ai rien entendu. J'ai seulement vu la lumière de ton pendentif s'activer.

– Mais, qu'est-ce que c'était exactement ? Cette lumière ? Et ces paroles... ?

– Chaque pendentif se connecte au cœur de celui qui le reçoit. Tu as dû ressentir le besoin de partager quelque chose et ton médaillon s'est activé pour t'accompagner au mieux dans le choix de ce partage. Ce médaillon te sera très précieux, crois-moi. Grâce à lui, tes valeurs de cœur grandiront en même temps que ton cœur. Dès que tu auras besoin de lui, il se manifestera de cette façon, avec ton accord bien sûr. S'il sent qu'il doit attendre, la lumière ne s'activera pas. Veux-tu que je choisisse la prochaine maisonnette ?

Uma, encore impressionnée, accepta la proposition d'Agapé. Elle décida de la conduire dans la maison de l'Honnêteté où, après qu'un districoeur ait posé sa patte sur son pendentif, une douce lumière turquoise luisit dans un

second compartiment du cœur de verre. La même chose se produisit dans la maison de la Bienveillance où une lumière rose s'activa à l'intérieur du collier.

Le médaillon de verre d'Uma était désormais discrètement scintillant, modestement lumineux. Seul le compartiment de la Confiance semblait ne pas s'être illuminé. Uma et Agapé n'avaient pas eu le temps de se rendre à la maison concernée.

– Je crois que notre journée à Cœur-Ouvert touche à sa fin, ma douce. Rentrons, nous discuterons à la maison.

Uma n'avait prononcé aucun mot depuis leur sortie de la maison de la Confiance.

– Que se passe-t-il Uma ?

Uma n'arrivait pas à parler. Les mots ne sortaient plus, ils étaient bloqués au fond de sa gorge. En guise de réponse, elle éclata en sanglots.

– Tu sais que tu peux me parler, ajouta Agapé, tout en caressant délicatement le dos d'Uma. Est-ce notre journée qui te met dans cet état ?

– Je pensais y voir plus clair aujourd'hui. Au lieu de ça, je suis complètement perdue ! Je suis censée rejoindre la troisième étape demain alors que je n'ai toujours pas compris pourquoi je suis arrivée ici ! Et mon médaillon est incomplet !

– Ma douce, tu dois te faire confiance. Ce compartiment s'activera le moment venu. Crois-moi chaque chose arrive pour une bonne raison. On va reprendre ensemble... Si tu regardes ton pendentif, que tu repenses à chacune des paroles que tu as entendues et à ton énigme, quel mot te vient à l'esprit ?

Uma essuya quelques larmes, inspira lentement pour tenter de retrouver ses esprits et de répondre à Agapé.

– Je pense au cœur qui se trouve partout dans votre village : son nom, les pendentifs et les valeurs du cœur... Mais j'ai l'impression de passer à côté de quelque chose.

– Non, c'est déjà très bien, Uma. Tu es sur la bonne voie. Je vais t'aider un peu plus. Le médaillon que chacun porte permet en effet aux cœurs de s'ouvrir et s'unir les uns aux autres. Je n'en ai plus besoin car j'ai réussi à faire vivre chacune de ces valeurs avec moi, chaque jour. Je peux me détacher de ce médaillon. Notre village se nourrit de ces valeurs pour partager et diffuser l'...

– Amour... ?

– Bravo ma douce ! L'amour est le moteur de chaque cœur. Il vit en chacun de nous et se partage infiniment avec le monde qui nous entoure. La véritable réussite est celle qui rend ton cœur lumineux, ouvert à

partager avec sincérité, écouter sans jugement et à croire en chacun, toi y compris. Tu as autant besoin d'aimer que de t'aimer pour ouvrir ton cœur.

Uma ne put se retenir d'enlacer Agapé. Elle lui était si reconnaissante pour sa patience, sa confiance et son écoute. Elles restèrent un moment dans les bras l'une de l'autre jusqu'à ce que l'imagination d'Uma ne prenne le dessus sur l'instant présent.

Elle se prit à imaginer Karan à la place d'Agapé.

Une longue étreinte entre Karan et elle, pour fêter leurs retrouvailles. *Uniquement nos retrouvailles oui, il n'y a rien d'autre à fêter ?* pensa Uma, en tentant de reprendre ses esprits avec un peu de mauvaise foi.

Uma se défit de cette étreinte qui finit par la mettre mal à l'aise – ou plutôt ce qu'elle en avait imaginé. Elle remercia chaleureusement Agapé d'avoir pris le temps de l'accompagner ce jour. En réponse, la vieille dame prit congé en souhaitant une très belle nuit à son invitée. Demain ne serait pas une étape facile ; Agapé lui avait tant apporté ces derniers jours.

En rentrant dans la chambre, Uma prit une décision importante. Son médaillon l'accompagnerait en tous lieux jusqu'à ce que son cœur soit aussi ouvert au monde que ne l'était celui d'Agapé. Et pour mettre en pratique son engagement, elle allait avoir besoin d'honnêteté et de

confiance.

Elle prit son Absorbe-Tête, ouvrit nerveusement les messages qu'ils s'étaient envoyés.

Elle commença à écrire.

Honnêteté et confiance, tu peux le faire, Uma, se répétait-elle en même temps qu'elle écrivait. *Envoyé ? C'est envoyé ! Qu'est-ce qui t'a pris ? Qu'est-ce que je vais faire s'il ne répond pas ? Et si j'avais abîmé notre amitié ?*

Uma rangea rapidement son Absorbe-Tête dans sa sacoche et sortit le troisième feuillet de sa boite pour penser à autre chose. Elle écrivit la réponse à la deuxième énigme :

Amour

Des lettres dorées scintillèrent sur le troisième feuillet. La troisième énigme venait d'apparaitre...

135

Chapitre II
Le livre interdit

Ce matin-là, en se réveillant, Karan s'apprêtait à envoyer un message à Uma sur le Nuage-Partage lorsque son Absorbe-Tête s'alluma au même moment. C'était Uma. Il ouvrit rapidement son message, impatient d'avoir de ses nouvelles.

Salut Karan,
Je viens de finir la deuxième étape de mon voyage. J'étais deux jours à Cœur-Ouvert. Aujourd'hui, je pars pour Art-Souvenirs, l'avant-dernière étape. J'ai hâte de te raconter et de te montrer tout ce que j'ai appris. Quelle aventure ! Je n'ai pas eu l'occasion de réaliser un Capture-Moments mais je te montrerai ce que j'emporte avec moi.
J'ai eu du mal à trouver la réponse à la deuxième énigme. Tu

sais ce que c'était? L'Amour...
Depuis ce voyage, je crois que tout me ramène à ce qui compte vraiment, à l'essentiel. Et, ça n'est pas facile à dire, je ne veux pas te faire peur.
Mais, depuis que je suis partie, chaque moment me ramène à toi et ce que nous partageons.
Tu me manques beaucoup
Tout se passe bien à Abondance ? Raconte-moi tout !
Je pense bien à toi.
Uma

Un sourire béat se dessina sur son visage. Avec ce message, il semblait que leur amitié prenait une autre tournure. Il avait hâte qu'elle lui partage tout ce qu'elle avait appris pendant son voyage. Encore plus, il avait hâte de la retrouver, tout simplement. Il la connaissait, elle devait tourner en rond suite au message. Il ne voulait pas qu'elle s'inquiète alors il commença à lui écrire quand il sentit une petite tape sur ses épaules. Asha venait d'entrer dans la Tanière Enchantée.

– Je suis là ! Vraiment désolée du retard, Karan ! Je voulais finir le livre avant de passer pour te le redonner. J'ai dû me couper plusieurs fois dans ma lecture car ma mère est rentrée à plusieurs reprises dans ma chambre ce matin.

Ils se voyaient tous les jours depuis leur première rencontre. Asha lui rendait visite et empruntait un nouveau

livre à chaque fois. C'était un véritable amour de la lecture qui naissait un peu plus chaque jour grâce aux différents livres de la librairie.

Ce matin-là, Asha était en retard. Karan avait fini par se demander si elle passerait aujourd'hui. Est-ce que ses parents avaient découvert les livres qu'elle lisait chez elle ? Que feraient-ils s'ils découvraient de tels objets ? Non, Asha était précautionneuse.

– Salut Asha ! Je suis rassuré. J'ai pensé que tes parents avaient trouvé les livres, dit-il en soupirant.

– Rassure-toi, je suis bien trop maline ! dit-elle en lui faisant un clin d'œil. Et puis, avec ce qui se passe à Abondance en ce moment... Je pense que le moment serait vraiment mal choisi pour qu'on les découvre...

En effet, depuis deux jours, une ambiance particulière régnait au sein du royaume. Une information, sélectionnée comme à son habitude par le roi Paon, avait circulé très rapidement et créé une drôle d'atmosphère. L'information, transmise par le roi Paon lors de la distribution habituelle, avait inquiété les habitants – et ça n'était pas dans son habitude de partager une nouvelle alarmante. Apparemment, tous les livres n'avaient pas été éliminés...

Mes chers habitants,
Comme vous le savez, les livres sont une des choses que les

nuages ne peuvent créer. Il n'en existe pas à Abondance car leur pouvoir sur les humains est désastreux. Un livre peut vous rendre extrêmement triste ou furieux lorsque les informations qu'il contient sont négatives. Un livre a le pouvoir de créer beaucoup de mal pour ceux qui le lisent. Et ne parlons pas de sa création ! Le bois qui le compose est d'une saleté inégalable. Le toucher pourrait vous transmettre un bon nombre d'embêtements. Or, il se trouve qu'on m'a fait part d'une terrible information : un livre aurait été aperçu entre les mains d'un habitant. S'il vous plaît, si vous le trouvez, apportez-le moi afin que nous fassions ce qu'il faut pour que les livres restent disparus.

À ces mots, le peuple était devenu inquiet. Jamais les livres ne devaient revenir dans Abondance. Qui avait pu en apporter un ? L'inspireuse numéro un d'Abondance, Juhi, utilisa même le créneau de sa routine publicitaire pour partager son message, en réponse à celui du roi Paon :

– Coucou mes inscripteurs ! Comme moi, vous avez sûrement entendu cette horrible information qui circule depuis l'annonce du roi. C'est terrible ! Vous ne trouvez pas ? Qui oserait amener un livre au sein de notre royaume ? Qui oserait semer une telle inquiétude chez nous ? Je suis profondément émue par cette information... Alors, unissons-nous et faisons en sorte que ce livre quitte notre royaume ! Celui qui le trouvera sera invité chez le roi même et

gagnera aussi une journée entière à mes côtés, capturée à chaque instant. Alors, vite, vite, cherchons ! Merci mes petits inscripteurs !

Et depuis, chacun s'observait, certains même tentaient de se rapprocher d'habitants ayant posé leur sac pour en palper le contenu. Une méfiance croissante s'installait. Une méfiance face à un ennemi commun : un livre. Pourtant, à Abondance, on avait toujours vécu en harmonie. C'était un véritable problème que le roi avait soulevé et auquel il allait devoir faire face.

Perdue dans ses pensées, Asha n'avait peut-être pas tout dit à Karan qui le remarqua et l'interrogea :

– Asha, tout va bien ? À quoi penses-tu ?

– Karan… Cette histoire de livre disparu… C'est aussi pour ça que je suis arrivée en retard ce matin… Je ne sais pas comment te le dire… Je me demande si ma mère n'a pas quelque chose à voir là-dedans… C'est de ma faute !

Son attitude d'ordinaire si enjouée et sûre d'elle s'envola et laissa place à la panique.

– Je pense que ma mère a dû apercevoir un des livres que je t'ai empruntés. Elle qui est d'ordinaire si occupée n'a cessé de faire des allers-retours ce matin dans ma chambre. Elle venait peut-être regarder si elle avait bien vu un livre… La connaissant, elle a dû en

informer le roi car elle devait être très inquiète, persuadée de bien faire et d'aider le royaume... Sans lui dire que c'était moi.

Karan sentit l'inquiétude monter en lui. Et si jamais sa boutique était découverte ? Que ferait le roi Paon de tous ces livres ? Il devait s'assurer du silence d'Asha, s'assurer qu'il pouvait lui faire confiance et qu'elle ne dirait rien si le roi la trouvait.

– Asha, promets-moi que tu ne diras rien à tes parents ! Je pense qu'il est plus sage que les livres restent ici maintenant. Si jamais tu veux lire, je serai toujours d'accord pour que tu passes un peu plus. Mais, je t'en prie, ne dis rien.

– Je te le promets Karan. La dernière chose que je souhaite est que ta boutique disparaisse. Ma mère ne me suivra pas, elle est bien trop occupée à aller aux Eaux-Vives ou dans ses boutiques pour perdre son temps à m'épier. Je t'assure. Et si ça arrivait aux oreilles du roi, je dirai que je l'ai trouvé dans la rue, comme si quelqu'un l'avait abandonné volontairement. Tu en penses quoi ?

– Oui, on fait comme ça. Je compte sur toi. J'espère que ça sera suffisant.

Karan n'était pas tout à fait rassuré mais il avait confiance en Asha. En plus, les habitants n'avaient jamais

prêté attention à sa boutique recluse au fond de la rue, entre les deux autres immenses boutiques qui surplombaient la place. Ou alors, ils la trouvaient si repoussante qu'ils ne s'en approchaient pas. Personne n'oserait s'y aventurer. Seule Asha avait montré un intérêt pour la boutique et avait franchi le seuil de sa porte. Il n'y avait pas de raison que cela change.

*
**

Le roi Paon n'était pas sorti dans son jardin depuis un certain temps maintenant. Cela faisait deux jours qu'il était enfermé dans sa pièce des Créations et qu'Albert lui apportait à manger à l'intérieur. Comment retrouver ce livre égaré ? Il comptait bien sur les habitants pour regarder, épier et débusquer l'intrépide qui avait réussi à s'en procurer un.

Mais, cela serait-il suffisant ?

Ne devait-il pas intervenir lui aussi pour résoudre ce problème ?

Les habitants semblaient avoir une totale confiance en leur souverain. Les livres, ce n'était pas bon pour la paix du royaume et son pouvoir. Le roi Paon le savait, il devait maintenir cette opinion coûte que coûte. Il en allait de la pérennité d'Abondance. Albert le coupa dans ses spéculations. Le monarque ne l'avait pas entendu frapper.

– Monsieur Paon, je me permets de vous déranger car

cela fait maintenant plusieurs heures que vous ne m'avez pas appelé. Avez-vous besoin de quelque chose ?

– Je réfléchis Albert, je réfléchis. Donnez-moi un instant. Nous devons créer une information qui permettra aux habitants de retrouver foi les uns en les autres, tout en refusant les livres.

Après plusieurs minutes de silence, le roi sursauta. Il avait retrouvé la fougue qui le caractérisait. Il s'exclama :

– J'ai trouvé, Albert ! Les habitants ne doivent pas connaître leur puissant pouvoir. Les livres libèrent l'esprit critique, délivrent des opinions parfois contraires à ce que nous souhaitons ici. Il doivent continuer à rejeter ces livres, sans condamner le responsable qui ne comprend pas l'importance de son acte. Écoutez- moi et notez ceci.

Le soir même, les informations présentèrent le danger que faisaient courir les livres au sein d'Abondance et l'importance de le retrouver. Elles précisèrent que le détenteur de ce livre devait être mal informé de ses dangers, qu'il avait dû éprouver de la curiosité face à un objet inconnu. La fin invitait cette personne à se rendre discrètement au palais le plus rapidement possible. Asha avait assisté à ce programme de l'Histoire-Défilante comme chaque soir, avec ses parents. Elle avait évité le plus possible leur regard, et plus

particulièrement celui de sa mère. Elle était montée directement dans sa chambre ce soir-là, les saluant rapidement et prétextant qu'elle était fatiguée. Demain matin, elle retournerait voir Karan. Sa mère allait finir par la confronter, et elle devait se préparer avec lui à cette discussion.

Une nouvelle journée commençait à Abondance. Le roi Paon sortit faire un tour sur la place où se trouvait la statue du Paon, érigée en l'honneur de la richesse du royaume. Alors qu'il commençait à se sentir de nouveau apaisé concernant cette sombre histoire, il remarqua que la statue avait perdu de sa splendeur. Les plumes du Paon, d'ordinaire flamboyantes, semblaient s'éteindre et grisailler. Les nuages se raréfiaient, la statue perdait de son pouvoir : cela ne présageait rien d'encourageant. Le royaume qu'il avait construit perdait-il de son éclat et de sa splendeur ?

Il remonta rapidement au château. Il devait à tout prix comprendre ce qui se passait à Abondance avant que cela ne devienne incontrôlable. Quelques dizaines de minutes plus tard, Albert interpela le roi, gêné et très inquiet.

– Monsieur Paon, je me dois de vous faire part d'une nouvelle qui vient d'arriver jusqu'ici. La boutique Les Chapeaux Infinis, autrefois reconnue, va devoir fermer ses portes...

– Que me dites-vous là Albert ?! Pourquoi devrait-elle fermer ses portes ? Les Chapeaux Infinis ont toujours eu énormément de succès ! Comment ai-je pu ne pas en être informé plus tôt ?
– Oui, et c'est toujours le cas. Seulement, ils n'ont plus assez de nuages pour créer et distribuer leurs chapeaux… Ils sont arrivés à épuisement. Ils vous ont signalé ce problème à plusieurs reprises… Vous disiez que cela serait résolu, que ça n'était pas urgent… Mais bientôt, leurs nuages…
Albert s'arrêta.
– Eh bien, allez-y Albert, terminez votre phrase.
Albert déglutit difficilement avant de continuer :
– Leurs nuages… disparaîtront.
– Impossible… Le pouvoir des nuages n'a jamais touché à sa fin… Ils s'usent seulement… Et je ne peux pas en prendre davantage dans le ciel ou nous aurons bien trop chaud…
– Monsieur Paon, que suggérez-vous ? Et comment peut-on en informer les habitants pour éviter des inquiétudes supplémentaires ?
– Je ne sais pas, Albert ! Je ne peux répondre à votre demande pour l'instant. Je dois trouver une solution au plus vite pour rassurer les habitants lorsqu'ils l'apprendront. Laissez-moi, revenez plus tard !

Albert n'insista pas. Il n'avait jamais vu le roi perdre ses idées de la sorte. Il prit congé pour lui laisser le temps de reprendre ses esprits.

Le roi si confiant en son royaume prospère, celui qu'il avait créé de ses propres mains, sentait son pouvoir et la paix instaurée s'effriter rapidement sous ses pieds.

Il devait agir, au plus vite, pour arrêter ces problèmes qui ne faisaient que commencer.

PARTIE IV

L'INSTANT PRESENT

Chapitre 12
Le musée des souvenirs

Dire au revoir n'est jamais facile. Uma n'avait pas été habituée à quitter des personnes auxquelles elle tenait. Elles étaient toujours restées près d'elle. Enfin, jusqu'à présent. Dire au revoir à Agapé avait été l'une des choses les plus douloureuses depuis le début de son voyage. Dormir à terre ça n'était pas des plus confortables mais se séparer d'une personne à laquelle vous avez ouvert votre cœur, c'était un déchirement, une plaie qu'Uma devrait apprendre à soigner et apprivoiser. C'était une épreuve parmi d'autres qu'elle devrait surmonter. Comme l'absence de réponse de Karan à son dernier message.

Elle décida de s'asseoir quelques minutes pour sortir le carnet qu'Hortense lui avait donné à l'auberge. En l'ouvrant, une feuille séchée tomba au sol. Étrange… Uma n'avait pas mis de fleur ou de feuille dans son sac. Elle la saisit, pensant la jeter au sol lorsqu'elle aperçut ce qui semblait être une écriture un peu malhabile.

Ma douce, n'oublie jamais. Il y a ce que tu veux être et ce que tu es à l'instant. Laisse ton cœur te guider sur la voie et tu trouveras ton chemin. J'ai été ravie de te connaître. Agapé

Les larmes montèrent. Les mots d'Agapé étaient toujours si doux, si vrais. Elle savait manier les mots pour toucher une personne en plein cœur. Uma prit délicatement la feuille séchée et la glissa dans son petit carnet où, en plus de ce qu'elle avait appris et écrit à l'auberge du Temps Suspendu, elle notait parfois des pensées qui lui traversaient l'esprit. Et, avant de reprendre son chemin, Uma se laissa porter par son cœur et écrivit ces notes à elle-même :

Sois heureuse d'avoir rencontré Agapé. Elle sera toujours là par tes pensées, tes actions. Ton médaillon t'aidera à entretenir sa présence.

Puis, pensant avoir terminé, elle ajouta :
N'en veut pas à Karan, il doit être gêné et ne veut pas te blesser.

Le chemin jusqu'à Art-Souvenirs avait été un peu plus facile après qu'Uma ait réussi à écrire ce qui l'accablait.

Elle regarda une dernière fois la carte, accompagnée du troisième feuillet. Art-Souvenirs était sans doute à quelques minutes maintenant. Cette troisième énigme, accompagnée d'un soleil, devait trouver son essence au sein de ce village.

Il est au commencement du bonheur.
Il ne faut jamais le perdre, sans quoi nous perdons le sel de la vie.

Uma tentait de comprendre pourquoi ce village devait être une étape à son périple. C'était un endroit pittoresque et coloré. Les maisons semblaient chacune avoir leur particularité. Tantôt habillées de pierres d'un ton ocre, tantôt bleutées, Art-Souvenirs semblait tout droit sorti d'une peinture. Elle vit un petit guichet de pierre, tenu par un homme dont la barbe blanche était si longue qu'elle était posée sur le comptoir.

– Bonjour monsieur.

Uma marqua une pause. Elle se racla la gorge, un peu gênée.

– Euhm euhm... Excusez-moi ?

– Oh, nom d'une pipe ! Toutes mes excuses, jeune fille ! Non, non... Je ne commençais pas à m'assoupir,

pas du tout ! Que puis-je pour vous ?

Ce drôle de monsieur lui redonna le sourire un instant.

– Je viens d'un village voisin et c'est la première fois que j'arrive à Art-Souvenirs. Pourriez-vous me conseiller des endroits à visiter ? Peut-être même un endroit où dormir ? Je pense rester deux jours et une nuit.

– Vous êtes tombée au bon endroit, ma chère ! Notre village est un petit joyau. Il y a deux incontournables que nous recommandons aux visiteurs : Le musée des souvenirs et le Soleil Levant, un atelier d'art. Pour ce soir, je vois qu'il y a de la place dans notre petit hôtel l'Art de Vivre. Vous verrez, ils sont fa-bu-leux ! Je vous donne cette petite carte. Bonne visite, jeune fille !

Et en même temps qu'il dit ces mots, il commença de nouveau à s'assoupir. *Décidément, quel drôle de monsieur,* se répéta Uma. Grâce à sa carte, elle savait où se rendre pour aller dans l'un des endroits indiqués par le vieil homme. Elle songea soudain que l'Explore-Infini aurait pu la guider mais ça ne lui était même pas venu à l'esprit.

Elle décida de commencer par le musée des souvenirs, un peu plus proche de l'endroit où elle se trouvait et de l'hôtel. Elle irait au Soleil Levant le lendemain.

Le musée des souvenirs possédait un charme qui ne laissait pas indifférent. De forme rectangulaire, le bâtiment était composé uniquement d'un rez-de-chaussée et fabriqué des mêmes pierres grises que le guichet où elle s'était rendue. De petites fenêtre rondes, parées de volets vert pomme de la même forme, habillaient le bâtiment. La porte d'entrée était à la fois imposante et intimiste. En bois foncé, elle était décorée de motifs de toutes sortes eux aussi vert pomme. Mais, le plus surprenant, c'était le voile transparent qui soulevait le bâtiment, lui permettant de flotter dans les airs.

Uma s'approcha, suivi l'escalier voilé, prenant garde à ne pas tomber. Arrivée en haut, elle prit la poignée avec hésitation et entra. C'était la première fois qu'elle pénétrait dans un musée. Il y avait presque tout à Abondance mais des temples du passé ou de la culture, jamais. Le peuple et son père jugeaient ces endroits peu divertissants. Son père ajoutait qu'il ne voyait pas l'utilité de venir uniquement observer des vestiges du passé ou se creuser la tête. Le passé devait rester oublié, seul le futur et ses possibilités infinies étaient importantes. Abondance était un renouveau et ne devait pas se noyer dans le passé.

Un sentiment d'apaisement, de calme et de sérénité envahirent Uma lorsqu'elle entra dans ce musée. Face à elle, le couloir, malgré son étroitesse et l'obscurité, invitait les visiteurs chaleureusement à le longer grâce à des lumières

tamisées. Sur sa droite, un plan indiquait deux pièces principales: à gauche, les Souvenirs Lumineux, à droite les Souvenirs Sombres.

– Permettez-moi de me présenter. Émile, gardien des souvenirs. C'est la première fois que vous venez ici, si je ne me trompe ?

En face d'elle se tenait un homme très élégant, vêtu d'un costume noir et d'une plume vert pomme autour du cou. Il était arrivé si discrètement qu'Uma sursauta en l''entendant. L'homme se tenait droit, les mains derrière le dos et, de sa voix très calme, ajouta :

– Le musée des Souvenirs se compose des souvenirs de tous ceux qui expriment le besoin de les déposer. Suivez-moi. Nous allons commencer par la pièce des Souvenirs Lumineux. Ces souvenirs sont rangés dans de petites fioles transparentes, comme vous pouvez le voir, elles-mêmes rangées dans des cubes de verre incassables. Tous les souvenirs déposés ici ne peuvent être ouverts que par ceux qui les déposent. Pour assurer au propriétaire l'intimité de son souvenir, vous remarquerez que seule une image défile dans la fiole et non l'entièreté de celui-ci.

– Pourquoi stockez-vous alors ces souvenirs ? Et pourquoi sont-ils classés dans deux pièces ? Vous ne pouviez pas les mettre dans une seule pièce, plus grande ?

– C'est une très bonne question, que l'on me pose à chaque visite, mademoiselle. Ces souvenirs sont inestimables pour ceux à qui ils appartiennent. Ce sont des moments qu'ils ne veulent pas oublier. Grâce à notre musée, ils ont la garantie de pouvoir préserver ces moments précieux. Ils peuvent les récupérer à tout moment. Seulement, les fioles sont très fragiles et restent plus en sécurité ici. Les Souvenirs Lumineux regroupent des moments joyeux et agréables. Les Souvenirs Sombres, comme vous pouvez le deviner, sont constitués d'instants plus tristes et moroses. Je vous laisse explorer. Si vous souhaitez y déposer un souvenir, n'hésitez pas à venir me voir et nous ferons le nécessaire.

En flânant devant ces fioles de souvenirs, Uma souriait à ces moments lumineux qui défilaient, minuscules, dans les fioles. Elle songea à un Souvenir Lumineux qu'elle voudrait conserver pour ne jamais l'oublier. Ceux qui lui vinrent en premier à l'esprit furent les moments partagés avec Karan dans la Tanière Enchantée. Un moment cher à ses yeux : Karan et elle dévorant *Les aventurier de Sawaé*, assis par terre et discutant du peuple des mers. Des souvenirs chaleureux avec son père, aucun ne lui vint à l'esprit.

Cette pensée lui alourdit la poitrine. Son père était si occupé à diriger le royaume et à attendre d'elle qu'elle s'y

conforme, qu'à part des repas partagés, rien de chaleureux ne lui venait à l'esprit. Ce château avait été sa forteresse de solitude.

Elle se mit à penser à ces derniers jours et ses rencontres. Elle revit les fleurs suspendues d'Agapé, ce sentier menant au champ de fleurs... Entre Karan et les fleurs, c'étaient ces deux souvenirs et le bien-être qu'ils lui procuraient qu'elle souhaitait chérir.

Elle appela Émile et lui raconta ses souvenirs. Il partit quelques instants.

— Excusez-moi, je cherchais les fioles parfaites pour vos souvenirs.

Émile tenait entre ses mains deux fioles. L'une rosée, l'autre verdoyante.

— Je vais vous demander de bien vouloir vous asseoir ici, confortablement. Vous allez penser très fort à votre Souvenir Lumineux et, lorsque vous me ferez signe, je poserai une main sur votre coeur et extrairai le souvenir pour le déposer dans la fiole. C'est indolore, ne vous inquiétez pas, vous ne sentirez rien. Nous ferons cela deux fois et les rangerons ensuite dans deux cubes de verre ensemble, que vous refermerez et dont vous aurez la clé. Vous ne les oublierez pas mais sachez qu'ils ne seront jamais plus limpides qu'ils ne le sont ici.

— Je suis prête, inspira Uma.

Uma sourit, ferma ses yeux. Elle était apaisée. Et, pendant qu'Emile s'occupait de son premier Souvenir Lumineux, une lumière rose scintillante surgit de son médaillon. Il s'agissait du compartiment de la Confiance qui venait de s'illuminer. La douce voix s'adressait à elle :

– Quand nous offrons notre confiance à une personne, notre cœur grandit. Tu as été capable de faire confiance à cet homme et cela t'aidera dans le chemin et les épreuves qu'il te reste à parcourir.

Uma admirait encore un peu ses souvenirs déposés avant de changer de pièce. Elle avait le sentiment d'avoir fait le bon choix en les déposant ici, dans ce musée regorgeant de millions de souvenirs. Lorsqu'elle le souhaiterait, elle pourrait venir le regarder indéfiniment et même les prendre avec elle. Mais, un souvenir ne s'extrait qu'une fois et elle voulait attendre de savoir où elle allait.

Quand elle fut prête, elle passa dans la pièce des Souvenirs Sombres. La pièce était un peu moins chaleureuse que la précédente dû à la teinte des souvenirs dans les fioles. Ils n'étaient plus aussi scintillants, leurs couleurs étaient plus ternes, comme délavées. Uma s'approcha doucement de ces souvenirs. Son cœur l'invitait à se rapprocher des fioles.

En balayant les différents cubes de verre, il y en eut un qui retint particulièrement son attention. Sans pouvoir l'expliquer, en le regardant, il la bouleversa. Elle n'en avait aperçu que quelques morceaux car ce souvenir n'était pas le

sien.

Dans ce souvenir, une femme tendait les bras vers un homme et un bébé. Elle ne voyait pas le visage de la femme ; ce devait être son souvenir. Mais, ce qu'elle vit, ne pouvait être une coïncidence… L'homme en face d'elle ressemblait drôlement à son père – avec quelques kilos en moins et des cheveux moins grisonnants, certes. Avec lui, il y avait ce bébé aux cheveux vert émeraude… Et cette femme. On apercevait sa chevelure… Vert émeraude également. Le cœur d'Uma se resserra. C'était le souvenir de sa mère, elle en était persuadée ! Pourquoi était-il dans la pièce des Souvenirs Sombres ? Ne l'avait-elle pas aimée ?

Uma n'avait aucun souvenir d'elle. Lorsqu'elle tenta de regarder de nouveau ce souvenir, une autre image apparut. On voyait l'homme, le bébé dans les mains, chasser sa femme hors du château.

Uma recula brusquement.

Elle avait du mal à réaliser ce qu'elle venait d'apercevoir.

Et si sa mère n'avait jamais été malade ?

Et s'il lui avait menti pour l'empêcher de la retrouver ?

Qu'avait-il à craindre qu'elle ne découvre ?

Uma se surprit à penser que sa mère était encore en vie et à l'endroit où elle pouvait se trouver. Chancelante, elle salua le gentil Émile et le remercia pour sa visite. Elle quitta

le musée, son esprit semblait être paralysé par sa découverte. Elle s'assit, tentant de reprendre ses esprits. Il lui fallait à tout prix trouver l'hôtel pour s'allonger.

Elle se souvint à peine du trajet effectué entre le musée et l'hôtel. Après s'être présentée à l'accueil et avoir payé sa nuitée, Uma s'effondra dans le lit. Son corps et son esprit semblaient l'avoir abandonnée. Les yeux ouverts, elle ne bougeait plus. Ses pensées étaient aussi paralysées que ses membres.

Et si toute sa vie avait reposé sur ce mensonge ?

Chapitre 13
Le Soleil Levant

Posé sur la table de chevet de sa chambre, son Absorbe-Tête s'illuminait. Uma n'avait pas le courage de regarder la réponse de Karan.

Elle n'avait presque pas fermé l'œil de la nuit, ressassant en boucle le souvenir sur lequel elle était tombée au musée hier, tentant de démêler le vrai du faux. Tout la ramenait à une vérité difficile à admettre : son père lui avait menti. Pour une raison qu'elle ignorait, il n'avait pas souhaité qu'Uma connaisse sa mère. Était-elle une si mauvaise personne au point de la faire passer pour morte ? Son abattement de la veille avait laissé place à une colère froide, encore plus difficile à délaisser. Elle devait trouver la force de

se lever pour se rendre à l'atelier du Soleil Levant, dernière étape avant la destination finale. Le plafond de la pièce lui paraissait aussi énergique que son corps. Lourd et immobile. Uma se leva difficilement, attrapa son sac et quitta l'hôtel sans manger.

Devant l'atelier du Soleil Levant, elle hésitait à franchir le seuil de la porte, se demandant si le moment était bien choisi aujourd'hui. Ne devait-elle pas attendre encore un peu ? Son esprit n'était pas disponible et elle ne savait pas quand elle le retrouverait. Pourtant, après tout ce chemin parcouru, si elle s'arrêtait ici, elle devrait rentrer.

Elle ne saurait jamais où son mystérieux expéditeur voulait l'emmener.

Elle était déjà sur place, autant y aller.

Uma se redressa, prit une longue inspiration. Le premier pas était le plus dur à franchir. Elle s'avança et, sans réfléchir davantage, frappa à la porte. Le tintement d'une petite clochette se fit entendre. Une femme vêtue d'un tablier couvert de taches de peinture lui ouvrit. Ses cheveux courts étaient d'un blond presque blanc. Ils illuminaient son visage. Ses lunettes rondes et bleues lui conféraient un air farfelu.

– Eh, ma première visite ! Bienvenue dans l'atelier du Soleil Levant ! Viens, viens. Par ici ! Que cherches-tu ?

– Je... Je... encore déconcertée par la nouvelle de la veille et le personnage qui se tenait devant elle, Uma n'avait pas pris le temps de réfléchir à ce qu'elle venait

faire ici.

– Le vieux monsieur du guichet m'a dit de venir visiter votre atelier, un incontournable du village.

– Je vois, je vois. Nous allons chercher ensemble ce dont tu as besoin. Ici, à l'atelier du Soleil Levant, je laisse chaque personne qui entre créer ce qu'elle veut pour se sentir au mieux. Suis-moi, je vais te montrer toutes mes créations ! Eh, au fait, je m'appelle Solène mais appelle moi Sol, je préfère !

Sol expliqua qu'elle collectionnait les soleils de toute sorte. Ils étaient sa lumière, son inspiration. L'atelier était aussi farfelu que le personnage : toiles, sculptures suspendues, il y en avait partout, comme si un pot de peinture aux milles couleurs avait explosé dans la pièce, laissant des coulures innombrables sur les murs et les piliers de bois de l'atelier. Sol n'avait pas menti, elle était une véritable collectionneuse de soleils. Elle les avait représentés de toutes sortes : jaunes, orange, légèrement rosés, lumineux, suspendus, plats, au sol... Tous les soleils possibles et imaginables devaient à coup sûr se trouver ici.

– Tu vois, je crée dès que j'en ai besoin. Les soleils sont la part de lumière que je veux conserver en moi. Je les garde absolument tous ! Ils m'aident à contempler chaque jour la beauté de ce que m'offre la vie. Ils me libèrent ! Et aujourd'hui, puisque tu es ici, ce sera à ton tour de trouver ce qui te libère!

Uma ne se sentait pas d'humeur à creuser encore dans son esprit. Elle écoutait, passive, Sol si enjouée à lui présenter son atelier. Certaines de ses paroles semblaient se perdre telles des gouttes de pluie dans un torrent.

– Votre atelier est magnifique Sol. Seulement, je ne suis pas sûre de pouvoir créer aujourd'hui... Je ne suis pas d'humeur et puis, je n'ai jamais créé quelque chose... Je crois.

– Tu n'as jamais imaginé quelque chose pour lui donner vie ?!

– D'où je viens, je ne peux pas créer sans l'autorisation de mon père... Les autres habitants, si, dans une certaine limite. Il doit connaître et valider chaque nouvelle création.

Uma ne voulait pas expliquer qu'elle était la fille d'un roi. Elle ne voulait même pas employer le mot « papa » à cet instant précis. La jeune fille venait subitement de réaliser une nouvelle chose... Son père avait la main mise sur toute création. Lui seul pouvait créer de nouvelles idées sans l'accord des autres.

Sol s'était arrêtée de parler et pour la première fois depuis qu'Uma l'avait rencontrée, elle restait immobile. Les yeux écarquillés, elle ajouta :

– Eh bien… C'est la première fois que j'entends une chose pareille ! Une création que l'on impose à l'autre

est terrible... Elle éteint l'esprit de celui qui se la voit dictée. Ici, c'est hors de question ! Interdit de ne pas créer soi-même ! C'est même obligatoire ! Au travail, ma chère, il est temps de remédier à ça ! Hop hop hop ! déclara Sol en attrapant vivement l'adolescente par le bras et l'emmenant dans un recoin de son atelier.

Uma n'avait pas suffisamment d'énergie pour refuser et argumenter avec Sol. Aussi, elle suivit Sol. L'artiste commença par lui montrer son établi sur lequel elle disposait ses palettes de couleurs. Toutes les couleurs qu'il est possible d'imaginer devaient être réunies ici, tant sa table était immense. Ces différents dégradés formaient un véritable arc-en-ciel. Après ses palettes de couleur, elle lui montra tous les matériaux dont elle disposait ainsi que les toiles, les fils pour suspendre ses créations. Elle expliquait aller de temps en temps dehors pour chercher ce dont elle avait besoin car il n'y avait pas plus créatif que la nature, selon elle.

Après avoir fait le tour de son atelier, Sol invita Uma à se mettre à l'aise, de quelque manière que ce soit. La jeune fille choisit de s'asseoir en tailleur, sur un tapis duveteux, lui aussi couvert de taches de peinture. Au sol, elle se sentait plus connectée. C'était une posture qu'elle adoptait seulement dans la Tanière Enchantée ou dans sa chambre, lorsque personne ne la voyait. Mais elle l'adoptait plus souvent ces derniers temps.

– Et maintenant ma chère, je te laisse créer ce que bon te semble ! Tout, absolument tout est à ta disposition. Je reviendrai tout à l'heure. Et si tu as fini et que je ne suis pas là, viens me voir ! Je suis juste à côté, il y a un soleil qui m'inspire depuis un moment, je vais lui donner vie !

Pendant quelques instants, Uma resta là, assise sur ce tapis, regardant la pièce et l'étalage de couleurs face à elle. Créer, ça n'était pas si évident. Il fallait de l'inspiration, une envie de s'exprimer qui devait jaillir du plus profond de soi… Et si elle n'avait rien à créer ? Alors que le doute l'envahissait, Uma se leva et s'approcha des palettes. Elle observa leurs couleurs un moment. En les regardant, elle se sentit curieuse. Après tout, elle pouvait essayer ce qu'elle voulait. Cette création personne ne la verrait, excepté Sol. Son regard se dirigea vers les couleurs qui l'attiraient. Elle se mit à chercher les matériaux qu'elle pourrait combiner avec celles-ci et commença tranquillement sa création.

Uma ajoutait la dernière touche à sa production lorsque Sol entra dans la pièce.

– Il semblerait que j'arrive juste à temps ! Tu viens de finir, non ?

– Oui, juste à l'instant.

– Je peux voir ce que tu as fait ?

– Oui, bien sûr… Mais ne vous moquez pas. C'est ma

toute première création...

– Je n'oserais pas ! L'art de créer est singulier. Ta création est tienne. Ce que tu as créé est le reflet de ton âme. C'est TON inspiration.

Sol prit la création d'Uma dans ses mains. Elle l'observa un moment, ses yeux s'illuminaient en voyant ce que la jeune fille avait été capable de réaliser en si peu de temps.

– Cette création est tout simplement magnifique !

– Ah oui ?

– Oui, c'est splendide ! Toi seule a pu créer cet objet unique. Personne d'autre n'aurait pu le faire à ta place, tu le sais ? Du début jusqu'à la fin, tu as choisi chaque couleur, chaque matériau, la taille et l'agencement de chacune des parties de ton objet. Je me demande maintenant une chose... Sais-tu ce que tu as voulu représenter ?

– Je me suis laissée inspirer par ta palette de couleurs, sans savoir où j'allais au départ. Si je regarde bien, on voit un arbre. Son feuillage émeraude accueille une cabane en bois suspendue à ses branches et son tronc imposant. La cabane est couverte de feuillages et de plumes émeraude. Décidément, c'est une couleur qui me suit beaucoup...

– Parfait ! Je vois que tu as beaucoup de choses à dire ! Beaucoup de choses que tu n'as jamais fait jaillir jusqu'à présent. Si cet arbre et cette cabane sont

apparus de tes mains, ils doivent être importants pour toi. Est-ce ta maison ?
— Ah non, pas du tout ! Je ne connais pas cet endroit. Je l'ai juste imaginé.
— Tu sais, pour créer un objet, il faut s'appuyer sur notre imagination, c'est vrai. Mais ton imagination illustrera toujours ce qui se trouve au plus profond de toi. Les humains ont besoin de créer pour apaiser leur cœur, l'illuminer et laisser une trace quelque part. Cette cabane... Elle doit représenter quelque chose d'important pour toi puisqu'elle t'est apparue et qu'elle t'apaise.
— Je t'assure Sol je l'ai imaginée, tout simplement, assura Uma qui ne comprenait pas pourquoi Sol insistait.
— La créativité de chacun révèle la beauté de la vie. Ta création t'a apporté l'apaisement que tu recherchais. Je pense que tu dois chercher pourquoi. Quand la création est au service de nous-mêmes, elle nous apporte ce dont nous avons besoin.

Sol invita Uma à garder précieusement sa création. Cette cabane dans cet arbre était un message de son cœur qu'elle finirait par comprendre. Sa réalisation dans les mains, Uma s'arrêta et s'assit sur un banc de pierre à la sortie du village, niché sous un grand arbre. L'air était doux, la lumière

caressait avec délicatesse son visage. Uma ferma les yeux, inspira profondément et les rouvrit. Ce paysage bucolique, Sol lui en avait parlé. Il était en effet très inspirant. Voir la beauté de chaque chose était un cadeau merveilleux qu'elle découvrait chaque jour un peu plus depuis le début de son voyage.

Uma prit le temps de ranger soigneusement sa création dans son sac. En la créant, elle s'était rendu compte que la douleur ressentie s'était atténuée. Cet instant créatif lui avait apporté un doux moment de paix dans ce tumulte de sentiments. Avant son départ, elle sortit sa carte et son troisième feuillet. Elle l'avait complètement oublié. Elle n'était pas revenue sur cette troisième énigme…

Il est au commencement du bonheur… Il ne faut jamais le perdre, sans quoi nous perdons le sel de la vie. Si je pense à la manière dont les souvenirs sont chéris ici et à cet atelier, à Sol et son esprit à la fois farfelu, son véritable pouvoir est de voir la beauté partout où elle va… Quand j'ai créé, quand j'admire un paysage, une couleur, je me sens mieux. Je pense savoir.

Se parlant à elle-même, Uma écrivit le mot qui lui venait à l'esprit après cette journée: l'émerveillement. Une nouvelle fois, une douce lumière apparut et le chemin lui dévoila la dernière étape. Stupéfaite, Uma fit tomber la carte.

Elle n'en croyait pas ses yeux. La dernière étape de son voyage venait d'apparaître. La carte venait de faire apparaitre les mots suivants:

Forêt Emeraude

Uma était invitée à se rendre dans cet endroit préservé. Elle ne croyait pas les mots qui venaient d'apparaitre sous ses yeux. Cet endroit semblait l'appeler depuis son enfance. Elle qui avait toujours rêvé d'y aller, qui en connaissait les moindres recoins au travers de ses lectures, allait pouvoir y entrer. Mais pourquoi la forêt l'avait choisie sans la connaitre ?

Il ne lui restait visiblement plus que quelques jours avant d'arriver.

Peut-être que ses nombreuses questions allaient enfin trouver une réponse.

PARTIE V

L'APPEL DE LA FORÊT

Chapitre 14
La trahison

Depuis que l'information du livre aperçu dans Abondance circulait, le royaume changeait doucement. Suffisamment pour que certains habitants commencent à s'interroger sur les modifications survenues récemment. En l'espace de quelques jours, le roi Paon avait partagé, lors de ses informations quotidiennes, plusieurs changements au sein du royaume. Il se voulait rassurant et justifiait positivement ces modifications. L'organisation météo avait dû être changée une deuxième fois : de deux jours de pluie par mois, le roi avait décidé de n'en garder qu'un ; d'une semaine nuageuse dans le mois, il fixa qu'il n'y aurait plus que trois jours nuageux. Il affirmait l'inutilité des jours de pluie, jugés trop ennuyeux par plus de quatre-vingt-dix pourcent des habitants, selon le roi. Quant aux jours nuageux, ils étaient aussi futiles que la brise soufflant contre un mur pour le déplacer.

Mais les changements météorologiques du royaume n'étaient pas les seules modifications que les habitants connurent ces derniers jours. En effet, ils apprirent la fermeture à venir d'une boutique supplémentaire, l'une des plus en vogue du royaume, surtout ces derniers temps avec les chaleurs plus présentes. Il s'agissait de Eaux-Vives qui s'était davantage fait connaître depuis que Juhi en avait promu l'excellence lors de ses Capture-Moments partagés sur le Nuage-Partage. Cette fois-ci, le roi avait justifié cette fermeture par le manque d'utilisation des différents loisirs proposés. Il jugeait important de repenser le concept de cette boutique pour en proposer une plus adaptée aux besoins des habitants, il avait besoin de temps pour la modifier. Cette décision contrastait avec le nombre d'entrées visibles quotidiennes.

Face à ces différentes annonces, les habitants semblaient se diviser. Pendant que certains ne comprenaient pas ces changements importants et soudains, d'autres jugeaient les décisions du roi justes et toujours prises pour favoriser le bon-vivre du royaume. Ainsi, parmi les sceptiques, plusieurs discours pouvaient se faire entendre. Allant d'un simple :

– Le roi nous annonce de bien mauvaises nouvelles ces derniers jours.
à un discours plus virulent :
– Nous retirer nos jours de pluie ? Et nos journées nuageuses ? Alors que le roi nous a toujours dit que ces journées étaient nécessaires pour le bien-être du royaume ? Et cette histoire de boutiques qui ferment... Les Chapeaux Infinis, et maintenant, Eaux-Vives ! Il y a sûrement un changement, quelque chose qui se trame derrière tout ça...

Et, parmi les partisans de la bonne volonté du roi, il y avait ceux qui souhaitaient croire en la nécessité de ces changements :
– Le roi a raison. Les journées de pluie étaient peu divertissantes. Nous avions besoin de retrouver plus de jours ensoleillés pour profiter pleinement des différentes boutiques ! Rester enfermé chez soi, très peu pour nous. Un peu de nouveauté nous fera le plus grand bien.
Et ceux qui doutaient mais préféraient voir le bon côté de la situation :
– Le roi Paon a toujours été innovant. Il s'ennuie et a besoin de modifier des routines installées au royaume. C'est une bonne chose, de nouvelles opportunités vont se dessiner avec ces changements.

Tout en maintenant ces discours, ils se réfugiaient dans leur Absorbe-Tête, scrutant les réactions partagées par les autres habitants, tentant de sonder quelle opinion semblait prendre le dessus sur l'autre, parfois même s'agaçant de propos allant à l'encontre de leur point de vue. Sur le Nuage-Partage, on ne voyait plus que ce sujet circuler. Les habitants se parlaient déjà peu, occupés par leurs loisirs et leurs partages sur l'Absorbe-Tête, mais avec l'arrivée de ces changements, la division du peuple entre les sceptiques et les partisans du roi, les relations sociales semblaient bel et bien bannies par les habitants.

Le roi Paon savait bien que la réalité était tout autre. Il n'avait pas décidé de modifier la météo ou de fermer ces deux boutiques par simple volonté de changement. Il avait dû prendre ces décisions par nécessité et ça n'avait pas été le plus simple. Ces derniers jours, il avait dû accepter les réorganisations qui s'imposaient à lui et son royaume. C'était un fait, les nuages se raréfiaient. Certains avaient usé pratiquement de tout leur pouvoir et leur disparition était imminente. Pour compenser leur épuisement, des décisions radicales s'étaient imposées à lui : modifier les prévisions météo mensuelles pour économiser les plus gros nuages et fermer les boutiques dont les nuages s'épuisaient rapidement comme aux Chapeaux Infinis ou Eaux-Vives dont la consom-

mation pompait le pouvoir des nuages plus puissamment. Le tout sans éveiller les soupçons des travailleurs des boutiques ou des clients.

Il avait songé à redistribuer un nuage supplémentaire à chacun des habitants afin que chaque personne ait un pouvoir quasiment infini. Seulement… Il n'y en aurait pas assez pour tous. Même en puisant dans sa statue, ça ne serait pas suffisant. Le roi songea ensuite à reprendre les nuages dispersés dans les autres endroits de ce monde. Mais c'était impossible. Ils garantissaient la paix entre le royaume et les différents villages. Retirer ces nuages serait une menace bien trop importante pour le moment.

Alors, la seule solution qui s'était offerte à lui était de rassurer les habitants le plus possible. Des décisions plus importantes allaient s'imposer, mais pour le moment, cela serait suffisant. Le roi tentait de se convaincre de cette façon. Les informations transmises sur les Histoires-Défilantes et l'Absorbe-Tête avaient rassuré une bonne partie du peuple. Il n'y avait pas de raison que les personnes sceptiques ne changent pas de nouveau d'avis. Et le roi commençait à s'en assurer.

Il avait demandé à Albert de créer un faux compte de Nuage-Partage dans lequel il représenterait un partisan de ces nouveaux changements. Albert avait écrit et donné son avis sur ces modifications en prenant le temps de justifier pourquoi ils étaient bons et en quoi il fallait faire confiance

au roi. De cette façon, le roi Paon pensait pouvoir regagner l'estime de plusieurs habitants. Si, en plus, la personne possédant le livre était retrouvée, alors les soupçons nés depuis s'envoleraient et permettraient au roi de redorer son image. Il contacta la femme qui lui avait fait part de cette information et lui confia l'urgence de retrouver ce livre et cette personne, pour le bien du royaume.

Asha était sur le chemin pour rendre visite à Karan. Depuis qu'elle soupçonnait sa mère d'avoir contacté le roi pour ce livre, elle ne se sentait plus à l'aise de rester chez elle, ni de parler à ses parents. Elle entra dans la Tanière Enchantée, salua Karan et courut dans l'allée choisir un nouveau livre à lire. Pendant qu'elle avait du mal à se décider sur le choix de son prochain livre, la clochette de la boutique retentit. Karan et Asha tournèrent la tête en même temps, se demandant qui d'autre pouvait bien entrer ici. Le visage d'Asha d'ordinaire si chaleureux blêmit. Ses deux livres lui tombèrent des mains. Elle se figea sur place.

– Excusez-moi madame, je suis à vous dans une minute. Asha, que se passe-t-il ? s'inquiéta Karan
Asha chuchota, tremblotante.
– C'est... C'est ma mère. Elle m'a suivie...
– Quel est cet endroit infâme, Asha ?! Que fais-tu ici ?

Karan s'approcha de la mère d'Asha.

— Cet endroit, madame, est une librairie. Si vous ne souhaitez pas être ici, je vous invite à sortir.

— Je ne sortirai pas d'ici sans ma fille. Tu dois me suivre. Le roi a besoin de récupérer ce livre et de te voir. Je ne pensais pas que tu continuerais à t'intéresser à ces objets avec tous les problèmes qu'ils nous causent! Je suis extrêmement déçue ! Viens, maintenant.

Asha, encore sous le choc, se redressa pour répondre à sa mère :

— Tu ne connais même pas les livres ! Tu ne sais pas ce que c'est ! Et si tu le savais, tu ne les verrais pas comme un danger. Le roi nous ment, pour son propre intérêt ! Les livres libéreraient l'esprit des habitants, certains auraient peut-être une vision différente du royaume et ça… Ça, il veut à tout prix l'empêcher !

— Le roi a toujours agi pour le bien de son peuple. Ce sont ces objets et ce garçon qui te font tourner les idées ! Je ne veux plus rien savoir. Maintenant, tu prends le livre et tu viens avec moi. Nous partons sur le champ. Le roi est informé de notre visite. Et vous, jeune homme, je n'en ai pas fini avec votre boutique, si j'ose utiliser ce qualificatif.

Sur ces propos, la mère d'Asha sortit en vitesse de la

librairie, tenant fermement Asha par son bras. Asha, en larmes, regarda Karan avant de sortir de la boutique. Karan lui murmura :
– Ne t'en fais pas, je te retrouve ce soir chez toi.

Le roi, triomphant, remercia chaleureusement la maman d'Asha de lui avoir permis de retrouver ce livre qui causait tant de tort au royaume. Il l'invita à quitter la pièce et attendre dehors, le temps d'écouter les explications de la jeune fille concernant ses agissements ainsi que – surtout ! – la provenance de l'objet défendu. Asha, en pleurs, ne parlait pas. Elle ne devait rien dire à propos de la Tanière Enchantée, ou la boutique disparaîtrait dans la journée. Et elle réussit. Elle se tut. Lorsqu'enfin, ils sortirent de là, la mère d'Asha se précipita vers son roi.

– Je tiens à vous informer que ce livre n'est pas seul. Il y en a des centaines voire des milliers d'autres dans une boutique insalubre, entre l'ancien bâtiment des Chapeaux-Infinis et la boutique des Folles Glaces !
– Merci pour cette information précieuse et votre dévouement, madame. Je ferai le nécessaire aujourd'hui. Je vous prierai toutefois de ne pas ébruiter cette information fâcheuse dans le royaume. Il en va de l'équilibre d'Abondance. De tels objets n'auraient jamais dû être introduits ici.

Asha était désemparée, écœurée par ce que venait de

faire sa mère. Elle agissait aveuglément, sans penser une seconde à l'intérêt que le roi y voyait : préserver sa richesse.

De retour chez elle, elle s'enferma dans sa chambre et appela Karan. Elle lui expliqua tout ce qui s'était passé, les propos de sa mère, du roi, l'avenir quasiment anéanti de sa boutique... Karan la remercia pour ces informations et raccrocha.

Il s'était préparé au pire. Et voilà que le pire était arrivé. Il devait dire au revoir à sa boutique, sauver le plus de livres possible. Et, surtout, le roi ne devait pas le voir.

Le soir, comme promis, Karan attendait discrètement devant la maison d'Asha. Chargé de deux gros sacs, il avait sauvé les livres qui lui tenaient à cœur. Il avait pensé à Uma et emporté *Voyage au cœur de la Forêt Émeraude*. La question essentielle était maintenant de trouver où loger, le temps qu'Uma ne revienne.

Asha vint à la rencontre de Karan. Elle l'enlaça, en larmes et désolée de ce qui s'était passé. Elle s'en voulait tellement. Karan, calmement, lui assura que cela devait arriver tôt ou tard. Il s'y était préparé plusieurs fois. Asha proposa à Karan de loger dans la maisonnette de leur habitation le temps qu'Uma ne rentre. Elle n'avait jamais été utilisée. Elle était vide. Elle lui apporterait discrètement ce dont il avait besoin. Karan remercia Asha pour son amitié et son aide précieuse.

Il décida de renvoyer un message à Uma pour l'informer de la situation. Elle ne devait plus être loin de sa destination désormais. Ils s'inquiétait de ne pas avoir de ses nouvelles, après son dernier message qu'il s'était appliqué à lui écrire.

Elle sera au royaume d'ici une dizaine de jours, tout au plus. Karan était confiant. Lorsque sa meilleure amie, s'ils l'étaient toujours, serait rentrée, ils partiraient tous les deux dans un de ces beaux endroits qu'Uma découvrait chaque jour.

Chapitre 15
Les retrouvailles

Bientôt trois jours et deux nuits que la jeune fille marchait. Le chemin depuis Art-Souvenirs avait été long. Du moins, il lui avait paru plus long que les autres.

Le premier soir, avant de s'endormir, Uma avait pris son courage à deux mains. Le coeur palpitant et les mains moites, elle ouvrit le message de Karan.

Salut Uma,
Si tu savais tout ce qu'il s'est passé ici ! La Tanière Enchantée a été découverte. J'ai dû quitter les lieux pour ne pas me faire prendre. En attendant ton retour, une amie, Asha, me cache dans un abri sur leur terrain. Tu verras, elle est vraiment gentille !

Une contrariété inexplicable envahit Uma en lisant ces lignes. La Tanière Enchantée, découverte ? Bien que la nouvelle fut dure à encaisser, c'était la dernière phrase qu'elle venait de lire qui l'ennuyait. Et si Karan avait mis du temps à répondre à cause de cette 'amie' ? Avant de se laisser gagner par la tristesse, Uma continua de lire sa lettre.

> ... Si tu savais comme j'ai été heureux de lire ta lettre. Tu me manques énormément aussi. Ça en est presque douloureux. Les journées sans toi sont ordinaires. J'ai si hâte de te retrouver et d'écouter ton voyage.
> Karan

Le coeur d'Uma s'était arrêté tout au long de la lecture de ses lignes. Il ressentait la même chose. Elle lui manquait tout autant. Ce soir-là, Uma avait serré ce message contre son coeur et s'était endormie apaisée, pour la première fois depuis plusieurs jours.

Le chemin menant à la Forêt Emeraude était un sentier unique, long et étroit, bordé d'arbustes, parfois d'arbres en tout genre. Uma avait utilisé son tissu émeraude d'Histoire-Défilante en guise de hamac. C'était un véritable délice de pouvoir sentir la brise légère du matin, regarder les étoiles avant de s'endormir en écoutant le chant des feuilles semblable à un écoulement d'eau. Néanmoins, elle avait l'impression de tourner en rond, ou de s'enfoncer chaque jour un peu plus dans les bois. Ses repères n'étaient plus tout à

fait clairs.

Cela faisait bientôt trois semaines qu'Uma avait quitté Abondance pour tenter de rejoindre la Forêt Émeraude, à la recherche de l'auteur de ces énigmes. Après avoir rêvé de cet endroit depuis son enfance, avoir imaginé sa végétation luxuriante, ses habitants et leurs maisons, les créatures qui la peuplent, voilà qu'elle n'avait jamais été si proche du but. D'étranges sentiments se mélangeaient dans son esprit. Elle avait toujours rêvé de découvrir cet endroit et même parfois, lorsqu'elle ne se sentait plus bien à Abondance, elle s'imaginait y vivre. Et si la Forêt Émeraude était à l'inverse de ce qu'elle avait pu imaginer ?

Était-elle au moins habitée ?

Pire... Existait-elle vraiment ?

Uma tenta de se ressaisir. Agapé lui avait bien confirmé que cette boîte et son contenu avaient été envoyés de là. La destination indiquée ne pouvait pas mentir non plus.

Ça y est, c'était ici. D'après la carte, la Forêt Émeraude se trouvait là, à quelques pas devant elle.

Le sentier s'éclipsait pour laisser place à un tout petit chemin de terre, se faufilant entre deux arbres immenses. Leur feuillage, si dense, abritait l'entrée de la forêt tant rêvée. Sur le tronc de l'arbre de gauche, il y avait une pancarte de bois discrète, qu'on aurait à peine remarquée si l'on passait vite son chemin. Elle indiquait *Bienvenue.*

Uma prit une grande inspiration et à l'aide de ses bras, se fraya un chemin parmi le feuillage épais de ces arbres. Plus elle avançait, plus elle avait le sentiment de se perdre ou de se faire engloutir par la végétation.

Le spectacle qui s'offrait à elle la laissa pantoise. C'était encore plus beau que dans ses rêves et tout ce qu'elle avait pu imaginer ! La Forêt Émeraude se tenait là devant elle, ce n'était plus un rêve. Aussi somptueuse et vaste qu'elle l'avait imaginée, et même plus, sa végétation enveloppait chaque coin dans lequel les yeux d'Uma se posaient.

Les arbres qui la constituaient devaient être vieux de plusieurs milliers d'années, tant ils étaient immenses. À eux seuls, ils occultaient le ciel et ses nuages. Leur feuillage était dense, d'un vert flamboyant. La forêt portait bien son nom. L'air y était frais et doux. L'odeur qui flottait dans les airs n'était semblable à nulle autre. C'était un parfum tendre, humide. Quelques rayons éclairaient le sol et les arbres de la forêt mais, c'étaient principalement les différentes lanternes qui illuminaient chaque recoin de ce joyau.

Au sol ou suspendues dans les arbres, elles étaient de toutes les couleurs, scintillantes. Les lanternes formaient plusieurs petits chemins menant à des habitations. Ces logements, installés au sol pour certains, dans les arbres pour d'autres, paraissaient modestes. Ils étaient faits de planches de bois découpées et assemblées les unes avec les autres et de petites fenêtres ouvertes. La plupart avaient même une

terrasse à l'avant, permettant de s'installer à l'extérieur, dans les arbres, tout en étant chez soi, dehors. Uma se sentait si minuscule face à cet endroit.

Alors qu'elle admirait ce décor, son regard s'arrêta sur une habitation qui lui semblait familière. Elle l'avait déjà vue quelque part. Elle sortit la création de son sac et la mit en face de l'habitation. C'était bien ça, elles étaient identiques ! Comment avait-elle pu créer ce logement qu'elle n'avait jamais vu auparavant ?! Uma avança dans le petit sentier, guidée par les lanternes sans quitter du regard la demeure suspendue.

Arrivée au pied de l'arbre, elle ne pouvait accéder à la maison que de deux façons : par une longue échelle ou un large escalier taillé dans le tronc de l'arbre. Uma se sentit plus à l'aise de passer par l'escalier. Arrivée en haut, son cœur allait sortir de sa poitrine. Et si toutes les réponses à ses questions se trouvaient ici, dans cette maison, depuis le début ? Voulait-elle vraiment le savoir ?

Bien sûr, elle n'avait pas parcouru tout ce chemin pour abandonner au dernier moment !

Uma s'arrêta quelques secondes, respira lentement et toqua à la petite porte. Elle n'avait plus qu'à attendre. Un bruit de pas, lent et doux, se rapprochait de l'entrée. Quelqu'un venait à sa rencontre.

La porte s'ouvrit et une femme l'accueillit. Le temps s'arrêta pour Uma, en même temps que son cœur. Elles restèrent l'une devant l'autre, se dévisageant, immobiles.

Cette femme... Elle avait les cheveux émeraude elle aussi... Uma l'avait déjà vue dans le Souvenir Lumineux du musée. Elle était si jolie.

– Je savais que tu viendrais... Approche toi, entre.

Elles s'installèrent sur un petit canapé en bois, recouvert d'une peau de bête beige. Uma était restée silencieuse. Elle regardait cette femme qu'elle pensait ne plus jamais voir. Finalement, elle commença :

– Mais... Comment est-ce possible ? Tu... Tu es censée être morte... Tu as été gravement malade…

– Ça, c'est ce que ton père t'a dit, je suppose... Je suis bel et bien en vie, depuis tout ce temps. Et je vis au cœur de la forêt.

– Pourquoi ne m'as-tu jamais contactée avant aujourd'hui ?

L'abandon qu'elle avait ressenti avec son père depuis petite prenait de nouveau toute la place sur sa joie. Sa mère, depuis tout ce temps, avait toujours vécu ici sans qu'elle ne le sache ? Sans la contacter ? Et si la vérité était bien plus dure et qu'elle ne voulait pas de son propre enfant ?

– Ces quatorze dernières années ont été très difficiles pour moi. J'ai dû attendre que tu sois suffisamment grande pour envisager de te contacter et ne pas éveiller les soupçons de ton père. Je savais que tu étais prête à partir et c'est pour ça qu'Albert t'a déposé cette boite, dans ta chambre, il y a quelques

semaines maintenant. Tu devais faire ce chemin seule.
— Albert ? Comment sait-il que tu vis ici ? Il te connait ?
— Albert est un ami fidèle. Depuis mon départ, il veille sur toi, chaque jour et m'envoyait des courriers chaque semaine pour me raconter tes activités, me dire combien tu grandissais. Ce n'est pas pour rien que cette boîte a atteint le château. Je n'aurais jamais pu la déposer seule. Alors, un matin très tôt, nous nous étions donné rendez-vous derrière la cour du château avec Albert. Et c'est comme ça qu'il l'a déposée sur le rebord de ta fenêtre.

Uma commençait à y voir plus clair. Mais elle n'aurait jamais pensé qu'Albert puisse être le messager entre Abondance et la Forêt Émeraude.

— Tu sais, je connais ton livre préféré. C'est Albert qui me l'a dit. Tu le rangeais toujours entre ton matelas et ton sommier. Albert prenait plaisir à m'écrire que tu adorais cet endroit et que tu voudrais y vivre. Ce n'est pas un hasard, c'est mon histoire que tu as lue.

— Tu as écrit *Voyage au coeur de la Forêt Émeraude* ?

— Oui, sourit Carma. Je voulais partager la beauté de cet endroit avec toi et les personnes qui ouvriraient ce livre.

— Mais, pourquoi tu n'es pas restée à Abondance avec nous... Avec moi ? Dans ce village, j'ai vu ton souvenir.

On voyait papa qui te chassait du royaume...

– Je savais que tu devrais apprendre tôt ou tard la vérité mais, crois-moi, ça ne me fait pas plaisir.... J'ai grandi seule non loin du Temps-Suspendu, dans le désert alentour. Un jour, une famille parlait de s'installer dans ce nouveau royaume prometteur où personne ne manquait de rien. J'ai décidé de les suivre car plus rien ne me retenait dans le désert. Chaque jour devenait plus rude. Arrivés à Abondance, nous devions nous présenter au roi qui nous offrirait ensuite un nuage pour créer ce dont nous avions besoin.

Carma s'arrêta un instant comme pour reprendre le fil de ses pensées.

– Quand je suis arrivée au château, ton père était si charmant, audacieux. J'admirais ce qu'il avait réussi à construire. Après notre première présentation, lorsqu'il m'a donné mon nuage, il m'a ensuite invitée à revenir au château où nous avons dîné et passé la soirée à discuter de ses projets. Au départ, j'ai pris ça pour de la générosité. Nous nous sommes attachés et liés l'un à l'autre. Puis tu es née. Un jour, je l'ai surpris dans sa pièce des Créations en train d'imaginer de nouvelles boutiques pour divertir le peuple. Il m'a révélé qu'il souhaitait créer le plus de divertissements pour les habitants car, en leur partageant une infime partie de sa richesse tout en la

dirigeant, il pouvait continuer à utiliser le reste de ses nuages en paix, sans avoir à les partager. Selon lui, le peuple se soumettrait facilement et Abondance serait l'endroit le plus puissant pour exercer son pouvoir.

Uma se rendait compte que les intérêts de son père n'avaient pas changé. Il ne cherchait simplement qu'à s'enrichir et agrandir Abondance.

—… Et ce jour-là, j'ai eu peur de ce qu'il serait capable de faire pour préserver la puissance de son royaume. Albert était un ami de confiance. Il m'avait accompagnée dans mes débuts. Un jour, il m'a vue pleurer en préparant mes affaires. Il savait. Il n'a rien dit et m'a souri. Ton père était entré au même moment dans la pièce et avait compris que je voulais partir. Il t'a prise dans ses bras, m'a chassée en menaçant de m'enfermer si je ne partais pas maintenant. Je suis partie sans rien, sans toi. Si tu savais le déchirement que ça a pu être…

La suite, Uma n'en revenait pas. Carma continua en expliquant que le roi fit une annonce officielle sur l'Histoire-Défilante le lendemain matin pour annoncer sa mort aux habitants. Il leur expliqua qu'elle avait lutté longtemps, tentant de cacher sa faible santé. Exactement la version qu'il avait servie à Uma. Le souvenir qu'Uma avait vu était bien réel. Carma avait souhaité le conserver afin de ne jamais

oublier ce dont le roi était capable et pour le donner à Uma si elle ne parvenait pas à la voir, afin de rétablir la vérité.

Elle s'approcha de sa fille encore bouleversée par ce qu'elle lui avouait. Carma recula légèrement, elle souhaitait encore lui dire quelques mots :

– Je ne voulais pas retourner dans le désert. Il n'y restait plus rien. Alors j'ai longtemps erré et j'ai fini par arriver dans les villages que tu as découverts. Un jour, j'ai découvert l'entrée de la Forêt Émeraude, elle m'a laissée entrer. Cette boite que tu as reçue, je l'ai fabriquée pendant des années. Je voulais qu'elle soit la plus belle possible pour que tu comprennes qu'elle avait été préparée avec amour. Albert me racontait que tu étais de plus en plus éteinte ces derniers temps, que tu ne semblais pas trouver ta place au sein d'Abondance. Je voulais te guider jusqu'ici pour que tu grandisses en étant plutôt qu'en ayant comme le prônent Abondance et ton père. Je souhaitais que tu découvres ce qui te rend heureuse.

– Alors, ces énigmes… C'était pour quoi ?

– Sans les énigmes, tu serais arrivée ici sans avoir nourri ton cœur. Je voulais que tu puisses découvrir les véritables pouvoirs du cœur qui mènent au bonheur. Ton chemin te guidera vers l'espoir d'un renouveau. Ce renouveau, c'est toi. Je voulais que tu te découvres toi : ce que tu aimes, ce que tu

ressens et qui tu es réellement. Ton cœur a trop longtemps été endormi par la vie à Abondance. Ne t'es-tu jamais demandé d'où venait ta couleur de cheveux ?

Uma n'y avait jamais vraiment pensé. Il est vrai que sa couleur de cheveux était singulière. Personne d'autre, excepté sa mère, n'avait la même dans le royaume. Carma invita Uma à observer les habitants de la Forêt.

Tous, même les plus jeunes, arboraient ce joli vert dans leur chevelure.

– Notre couleur de cheveux n'est pas due au hasard. Nos ancêtres vivaient ici. Nous sommes connectés à la forêt. Ta chevelure, d'une certaine façon, signifie que tu es toujours restée connectée à elle, toi aussi.

Pour la première fois, le voile semblait se lever. Uma commençait à comprendre ce vide qui l'accompagnait depuis longtemps. Les réponses étaient ici, depuis le début. Et pour la première fois, son vide était comblé.

– Je peux te prendre dans mes bras... Maman ?

Carma lui sourit, émue aux larmes.

– Je suis si soulagée que tu saches tout, si tu savais ! Ces dernières années ont été très longues à supporter. J'attends ce moment depuis si longtemps ! Tu as tellement grandi, ma fille.

Elles restèrent un long moment, enlacées l'une contre l'autre. Uma aurait voulu figer ce moment pour l'éternité. Les pièces d'un puzzle venaient de se rassembler. Malgré l'atroce vérité qu'elle venait de découvrir sur son père, à ce moment-là, elle se sentait bien. Le reste n'avait plus d'importance.

Chapitre 16
Un endroit idyllique

C'était le deuxième jour qu'Uma passait au sein de la forêt, déjà. Depuis leur conversation, Carma et elle avaient passé la plupart de leur temps ensemble. Elles avaient tant de temps à rattraper, tant de moments à partager. Mais, s'il y avait bien une chose qu'Uma avait apprise grâce à Hortense, c'est que le temps est précieux. Une fois passé, il ne se récupère pas. Uma comptait bien profiter de sa mère sans compter, sans planifier le temps. Chaque moment partagé entre elles était unique et irremplaçable. Uma ne savait pas encore combien de temps elle resterait ici et cela rendait d'autant plus vraie la valeur de chaque instant passé en sa présence.

Après être restées dans la jolie maison suspendue de Carma, elles avaient aujourd'hui la volonté de sortir. Uma ne connaissait pas du tout les beautés et les surprises que recelait cet endroit et Carma était bien décidée à l'éblouir.

– La Forêt Émeraude n'a pas été seulement mon refuge. Elle est devenue mon deuxième cœur. Grâce à elle, je sais enfin où est ma place.

Carma commença par emmener sa fille dans une des nombreuses réserves de la forêt. Camouflée entre de grands arbres, sa réserve favorite n'aurait pu être plus belle, même dans les pensées d'Uma. Elle abritait une imposante cascade turquoise qui permettait à des créatures uniques de venir y trouver refuge. Voir cette eau translucide aux reflets d'or se jeter ici fascinait Uma. Elle ne savait pas si elle rêvait ce qu'elle avait lu sur la forêt ou si, à cet instant, sa vision était réelle.

Elle eut soudainement envie de retirer ses sandales pour y tremper ses pieds endoloris par la marche. Carma la rejoignit. L'eau était tiède. Elle venait caresser ses pieds lourds et douloureux que les pas de ces dernières semaines avaient engourdis. Uma et sa mère restèrent un moment silencieuses, savourant cet instant de quiétude qui se présentait à elles. Cet instant fut écourté par un cri perçant juste au-dessus de leurs têtes.

– Maman ! C'est… C'est un ibiraude ?!

— Oui, tout à fait ! Sûrement la plus grande espèce de volatile de la forêt.

Uma se rapprocha de sa mère, inquiète face à cet oiseau qui devait mesurer une fois et demie sa taille – sans compter ses ailes déployées. Carma expliqua que les ibiraudes étaient des oiseaux imposants mais inoffensifs. Ils étaient très curieux et celui-ci tenait sûrement à s'approcher de plus près d'Uma pour l'observer. Après avoir tournoyé quelques temps au-dessus d'elles, il se posa au bord de l'eau, calmement. Uma lui sourit. Il n'était pas si effrayant finalement.

Son plumage nacré et son bec violet lui donnaient un air presque céleste et irréel, tout comme cet endroit.

— J'ai déjà vu cette couleur quelque part... Sur une autre créature, pensa Uma, à voix haute.

— Ce devait être sur un districoeur, certainement ? Je suppose que tu as eu l'occasion de les rencontrer lorsque tu étais à Cœur-Ouvert.

— Oui, exactement ! Mais je ne savais pas qu'il y en avait encore ici ?

Sa mère lui précisa que les districoeurs habitaient ici avant tout. Certaines créatures avaient élu refuge dans le village de Cœur-Ouvert mais leur maison première était ici. Les pouvoirs qu'ils possédaient étaient un atout immense pour tous les habitants de la forêt. Eux seuls pouvaient, grâce à leur sensibilité, détecter et réparer les blessures du cœur douloureuses à panser pour certains humains. Beaucoup

venaient leur rendre visite en espérant qu'ils puissent les accompagner.

– Ici, chaque créature, chaque être est précieux et unique. C'est pour cela que nous nous protégeons les uns les autres. Il est essentiel que chacun se sente à sa place pour être en harmonie avec lui-même et les autres.

Carma expliqua un peu plus ses propos :

– Il y a une règle d'or chez nous : tous ensemble, nous ne faisons qu'un. Il y a une volonté forte de partager que je n'avais jamais ressentie ou vécue avant d'arriver dans la forêt. Bien sûr, ceux qui le souhaitent peuvent ne pas se joindre aux repas ou aux autres événements. Certains ne le font qu'une fois par semaine. D'autres plus. Et d'autres à chaque fois. On respecte le besoin de calme ou de compagnie de chacun. Mais, chacun sait qu'il aura toujours une place pour se joindre aux autres dès qu'il le souhaitera.

– Et comment vous mangez alors ? continua Uma qui avait envie de tout découvrir en même temps.

– C'est simple. Chacun amène un plat à partager pour le repas. Nous mangeons ce que nous offre la forêt. Et elle nous donne tant ! Nous avons plus d'une cinquantaine de variétés de fruits et légumes. Et les œufs des ibiraudes sont excellents, tu verras ! Ce qui est important, c'est de ne jamais trop prendre à la

forêt pour ne pas la fatiguer. Elle nous donne sans compter. Alors, nous comptons les uns sur les autres pour la respecter.

— Et pour ceux qui ne la respectent pas, que se passe-t-il ?

— Leurs cheveux se ternissent. La forêt ne leur partage plus ses fruits. S'ils ne comprennent pas, ils peuvent en être chassés. Mais assez parlé. Ce midi, nous mangererons avec quelques habitants. Nous devons cueillir des fidulles. Ce sont des petites baies bleues tachetées de rose, tu verras, elles sont très jolies. Je souhaiterais en apporter au repas car cela fait un bout de temps que nous n'en avons pas mangé. Les fidulles se trouvent souvent près des cours d'eau. De là où nous sommes, nous pourrons sûrement en trouver plusieurs. Ouvre grand tes yeux.

Uma commença à marcher autour de ce plan d'eau à la recherche de ces petits fruits colorés. Elle s'accroupissait, écartait les branches de petits arbustes, mais rien. Elle ne semblait pas avoir l'œil d'une cueilleuse. À Abondance, cela faisait un certain temps que les habitants ne savaient plus d'où provenait chaque aliment puisque l'essentiel était qu'il soit dans leur assiette, prêt, et ce, sans avoir fourni le moindre effort.

Elle persévérait dans ses recherches telle une détective sur le point de résoudre une enquête. Elle jeta un coup d'œil à

sa mère qui chantonnait alors qu'elle venait de cueillir plusieurs grappes qu'elle gardait dans ses mains. Carma lui répondit par un petit coucou et l'encouragea par un sourire sincère. Et si la forêt ne voulait pas qu'elle les trouve ? Et si elle ne l'avait pas acceptée ? Inspirant profondément, Uma pensa au sourire encourageant de sa mère quelques instants avant. Elle reprit sa cueillette.

Alors qu'elle observait de drôles de feuilles roses, Uma aperçut sa toute première baie derrière l'une d'elles ! C'était le tout premier fruit qu'elle ramassait ! Elle se sentait si fière d'avoir persévéré. La forêt lui ouvrait ses portes. Au fond d'elle, Uma comprenait mieux le plaisir qu'avaient les habitants à préparer leurs plats. On ne pouvait que remercier la terre pour toutes ces bonnes choses et les moments de partage qu'elle apportait.

Le moment du repas était arrivé. Carma et Uma avaient tout juste eu le temps de rentrer laver les baies et les disposer sur une grande feuille qui faisait office de plat avant de se joindre à la tablée. Il était de coutume d'utiliser ce que la forêt offrait pour installer la nourriture.

Uma appréhendait cet instant. Elle n'avait pas osé le dire à sa mère mais se retrouver face à plus de quatre personnes en même temps, pour échanger, était une chose qu'elle n'avait jamais faite. Elle ne savait pas comment se comporter pendant ces moments-là. Et quelle conversation suivre si plusieurs personnes parlaient en même temps ? La

trouverait-on étrange ? Allait-on lui poser beaucoup de questions ? Carma coupa sa fille dans ses réflexions par une petite tape sur l'épaule lui signifiant qu'elles étaient arrivées. Sa mère salua les dizaines de personnes qui se trouvaient à table et introduisit Uma, la présentant comme sa fille. Uma fit un léger signe de tête accompagné d'un sourire gêné.

Elles s'installèrent toutes les deux l'une à côté de l'autre sur la longue table rectangulaire. Les plats, disposés au centre de la table, formaient de bout en bout un chemin coloré. Quelques bougies embellissaient la table déjà bien garnie. Une jeune femme et son enfant vinrent s'asseoir en face d'Uma et sa maman.

Le petit garçon, en face d'Uma, lui sourit, affichant fièrement une dent manquante. Uma n'avait pas aperçu d'enfants à Abondance depuis des mois, voire des années. Les familles étaient tellement centrées sur leurs loisirs individuels, que les enfants grandissaient à côté d'eux mais il n'y avait pas de nouveaux couples ou de jeunes enfants. Le roi ne mettait pas en avant ce modèle, contraire au divertissement individuel que chacun pouvait trouver à Abondance. Le nombre de places dans le royaume était limité et il fallait éviter ce genre d'inconvenances.

Devant elle, le petit garçon lui montrait du doigt le plat. Uma acquiesça et lui répondit par un sourire en le servant. Il s'agissait d'un mélange de céréales et de lait, d'un bleu cyan envoûtant. C'était un plat simple, rapide et complet

pour les habitants du village. Le déjeuner se prolongea un moment, dans la plus grande convivialité. Personne n'avait regardé l'heure. Lorsque chacun eut terminé, tout le monde s'attela à débarrasser, nettoyer. Certains se saluèrent en se souhaitant une bonne journée pendant que d'autres partaient ensemble pour effectuer leurs activités de l'après-midi. Pendant qu'elles marchaient en direction de la place centrale, Carma lui racontait :

– Nous avons tous un rôle à jouer au sein de notre forêt, commença Carma. Tu vois, par exemple, je fais partie des cueilleuses. Je m'occupe de récolter, préparer les fruits mais aussi de dégoter de nouvelles variétés. Certains chassent, d'autres coupent le bois pour les maisons, d'autres sont guérisseurs. Mais tu verras qu'il n'y a aucun rôle plus important qu'un autre. Et nous pouvons en changer. Si nous avons un problème à partager, nous l'écrivons et le disposons au cœur de notre arbre, le plus ancien de toute la forêt. Et, une fois par semaine, nous nous réunissons tous lors du Conseil de la Forêt. La décision est prise à la majorité. Chaque vote peut faire la différence. Nous participons tous à la vie dans la forêt.

La place où se réunissaient les habitants pour le Conseil de la Forêt était imposante. De forme circulaire, elle se composait de bancs de bois disposés tout autour. Carma invita Uma à la traverser. Elle voulait lui faire découvrir un

nouvel endroit cet après-midi. Un endroit dont elle était sûre qu'Uma s'émerveillerait.

— Maman !! Est-ce que c'est une... ?

— Une librairie, oui, ma fille ! déclara fièrement Carma. La seule librairie de notre forêt mais d'une richesse insoupçonnée ! Ici, c'est le contraire d'Abondance. Nos livres sont sacrés. On peut les avoir en plusieurs exemplaires et lire ce qu'on veut, quand on veut et où l'on veut ! L'endroit que je préfère pour lire, c'est ma petite terrasse d'où je peux voir la forêt et les lanternes des maisons.

Uma trépignait. Pouvoir entrer dans une librairie sans crainte d'être vue ? Le rêve !

— Est-ce qu'on peut rentrer ? J'aimerais tellement la découvrir !

— Évidemment, c'était prévu !

Uma n'attendit pas plus. Elle ouvrit la grande porte de bois foncé de la Librairie Émeraude. Elle croyait rêver. S'il y avait bien une chose que son roman préféré n'avait pas évoquée, c'était cette librairie.

L'intérieur était encore plus beau qu'elle n'aurait pu l'imaginer. La boutique était construite autour d'un tronc d'arbre central. De forme sphérique, la pièce abritait des étagères tout autour de ses murs qui permettaient de classer les livres. Il n'y avait qu'une pièce mais la hauteur de ces étagères était si vertigineuse qu'elle pouvait en contenir une

dizaine. Elle devait mesurer une trentaine de mètres. Pour accéder aux livres les plus hauts, il fallait monter des marches qui tournoyaient autour du tronc et desservaient plusieurs petits étages.

Uma et sa mère passèrent l'après-midi dans cet endroit somptueux. Beaucoup d'habitants venaient s'installer sur de petites tables rondes pour échanger sur leurs lectures.

— M. Bookan, à l'époque papa d'un petit garçon, me prêtait ses livres. Je lisais discrètement, chaque jour. Quand je suis arrivée ici, j'ai découvert le plaisir d'écrire et c'est là que *Voyage au coeur de la Forêt Émeraude* est né. C'était peut-être lui, ta connexion à la forêt.

Uma se sentait encore plus proche de sa maman. Elle avait connu le père de Karan et s'était liée d'amitié avec lui. Leur amour commun pour la lecture et la liberté les avait poussées à quitter ce qui ne leur convenait pas pour chercher leur refuge.

En rentrant de sa journée, Uma se sentait si comblée. Pour la première fois, elle sentait que sa place était ici. Son sac posé dans l'entrée, elle se souvint que son Absorbe-Tête s'illuminait depuis la veille. Elle se dit qu'elle devrait quand même envoyer un petit message à Karan pour le rassurer.

... Ton père recherche activement le propriétaire des lieux.
Je ne me sens plus en sécurité. J'ai besoin de toi.

Uma fut prise de sueurs froides. Pendant qu'elle profitait de son temps ici avec sa mère, Karan avait perdu sa maison et sa boutique, Abondance semblait s'effondrer petit à petit et son père... Son père perdait le contrôle ! Elle s'en voulait de ne pas avoir donné de nouvelles ces derniers temps et de ne pas avoir été là pour lui.

Elle devait revenir au plus vite au royaume pour l'aider.

Carma, assise tranquillement sur son canapé, écouta Uma lui déverser ses inquiétudes et tout ce qu'elle venait d'apprendre : la situation de Karan, la Tanière Enchantée, Abondance et ses nuages. Sa mère posa sa main sur la sienne, pleine de douceur.

– Va le retrouver, ma chérie. Fais ce que tu dois faire. N'oublie pas qu'Albert t'aidera. Je t'aime, nous nous retrouverons bientôt.

À ces mots, Uma enlaça longuement sa mère en lui promettant de revenir le plus vite possible. En attendant, Karan avait besoin d'elle.

209

Chapitre 17
Retour à Abondance

Le chemin du retour avait eu un goût particulier pour Uma. Sa mère lui avait donné un autre itinéraire, plus rapide que le premier, qui lui avait permis d'éviter les villages. Elle avait suivi un sentier unique, comme pour son arrivée à la Forêt Émeraude. En tout, elle avait marché cinq jours, se nourrissant des nouveaux fruits qu'elle avait appris à reconnaître grâce à sa mère et buvant l'eau qu'elle trouvait lors de ses pauses au bord des petits cours d'eau. Les soirs, elle avait dormi à la belle étoile, trouvant toujours deux arbres où nouer son tissu Éphémeraude. Uma souriait à chaque fois. Ce tissu avait eu une tout autre utilité que ce pour quoi il avait été créé et finalement, il était bien plus important

pour assurer sa sécurité. Ces cinq jours lui avaient permis de réfléchir à un plan décisif pour ses amis et elle. Elle ne connaissait pas encore Asha mais si Karan lui avait fait confiance, elle pouvait aussi la compter parmi les siens.

Uma leur avait donné rendez-vous au coucher du soleil, dans la cour du château, près des dépendances. Celles-ci étaient utilisées par Albert pour entretenir l'extérieur. Un endroit du château où le roi ne mettait jamais les pieds, trop peu concerné par l'entretien réservé à son majordome. De cette façon, Uma s'assurait que le roi ne les verrait pas et surtout, qu'Albert serait là pour faire diversion en cas de besoin.

Le soleil allait bientôt se coucher. Uma s'installa contre le haut muret de pierre avant de rejoindre la cour du château. Elle devait l'escalader rapidement pour pour ne pas être vue. Ses sacs bien fixés dans son dos, Uma se lança. Après avoir déplacé plusieurs rochers, elle grimpa et passa au-dessus du mur. Avant d'avancer, elle fixa ce qui avait été autrefois sa maison. Cette prison dorée dans laquelle elle avait grandi gardait ce mur imposant pour empêcher des inconnus d'entrer, mais elle cachait surtout aux habitants ce qui se trouvait à l'extérieur du royaume : la liberté.

Détournant la tête pour se recentrer sur le point de rendez-vous donné à Karan et Asha, Uma vit Albert. Il était là, entretenant le terrain et n'avait pas encore remarqué Uma. Lorsqu'il leva la tête pour se tapoter légèrement le front, Uma

se tenait juste en face de lui, à quelques pas. Le premier réflexe d'Albert fut de regarder aux alentours pour s'assurer que le roi Paon ne pourrait pas la voir.

Elle lui sourit et, les yeux embués, le remercia pour tout. L'adolescente se sentait profondément reconnaissante du soutien que le majordome avait été pour sa mère. Elle lui raconta tout. Albert garantit à Uma qu'il les aiderait à accéder à sa chambre et détourner l'attention du roi en cas de besoin.

Ils attendirent encore quelques minutes. Le soir venu, le soleil écrasant avait laissé sa place à une lune d'un blanc immaculé. Tout à coup, deux silhouettes se dessinèrent dans la pénombre. C'était Asha et Karan. Ils avaient réussi. Le cœur d'Uma se serra. Un mélange d'émotions la submergea.

Elle se sentait si désolée de ne pas avoir été là pendant que Karan vivait ce tragique événement.

Il lui avait beaucoup manqué.

Elle voulait plus que tout, à cet instant, le serrer contre elle.

Karan courut vers Uma qui logea sa tête sous son menton. Ils restèrent sans bouger dans les bras l'un de l'autre. Ce moment paru être un morceau d'éternité qu'aucun d'eux ne voulait arrêter.

Derrière Karan, le visage gêné mais amical d'Asha fit reprendre ses esprits à Uma sur la situation. Tendrement, Karan prit la main d'Uma et lui introduisit Asha, impatiente

de rencontrer Uma. Elle arborait un sourire presque enfantin comme lorsqu'on reçoit un cadeau tant désiré.

– Uma, je suis si contente de te rencontrer ! Je suis tellement désolée pour ce qui est arrivé. C'est de ma faute, si j'avais été plus vigilante...

– Je suis ravie de te rencontrer, Asha. Ne te blâme pas, ça aurait dû arriver tôt ou tard. On ne peut pas cacher grand chose à mon père. C'est un miracle que j'aie réussi toutes ces années ! sourit Uma. Merci pour tout ce que tu as fait pour Karan.

Sa main toujours dans celle de Karan, Uma continua.

– Albert va nous aider à rejoindre ma chambre discrètement pour que mon père ne nous voie pas. Il faut qu'on soit rapides et discrets !

Ils durent faire preuve d'une grande vigilance. Le roi Paon pouvait surgir à tout instant dans les couloirs. Après quelques frayeurs, les trois amis parvinrent à entrer dans la pièce. Albert promit de revenir dès que possible. Pour le moment, il devait aller voir le roi afin de partager les informations quotidiennes d'Abondance. Uma lui fit un clin d'oeil.

Uma commença par leur raconter, dans l'ordre, son périple. L'auberge du Temps Suspendu avec les leçons d'Hortense, l'accueil et l'amour inconditionnel d'Agapé pour chaque humain et le médaillon qu'elle avait reçu, le musée des souvenirs et la création de son arbre... Elle tenta de ne pas

omettre de détails afin de partager avec Karan tout ce qu'elle avait appris et les énigmes qu'elle avait résolues.

Elle finit par parler de la Forêt Emeraude, encore plus belle que dans ses rêves et ses lectures, et de la découverte de son mystérieux expéditeur... Sa maman. Encore en colère, elle raconta l'histoire de Carma et des agissements de son père. Karan ne croyait pas ce qu'il entendait... La maman d'Uma était en vie ?

– À l'extérieur d'Abondance, si vous pouviez voir tout ce que nous avons la possibilité de faire, librement ! Mon père nous a endormis avec ses histoires de divertissement, de possibilité de créer tout ce que l'on veut avec un nuage pour ne manquer de rien... Mais il a oublié l'essentiel : vivre heureux ce n'est pas avoir tout ce qu'on veut. Derrière ces murs, j'ai vu des villages modestes qui vivent en harmonie les uns avec les autres. Imagine Karan, ils ne détruisent pas les arbres ou les livres comme ici, ce sont des richesses inestimables !

Et pendant qu'elle finissait son récit, son médaillon s'alluma de toutes parts. Son cœur et ses cinq compartiments scintillaient comme jamais auparavant.

Uma avait réussi à réunir en elle les cinq valeurs de cœur.

Karan et Asha n'avaient pas pipé mot, captivés par le récit d'Uma.

— Karan, j'ai bien lu tes messages à propos d'Abondance, de la chaleur, des boutiques qui ferment et du livre qui a mené à la découverte de la Tanière Enchantée…

Karan la reprit. Il baissa la tête.

— La Tanière Enchantée n'existe plus… Le lendemain de mon message, Asha a tenté de passer voir si la boutique avait été découverte. Et ton père n'a pas traîné…

— J'ai vu… Asha marqua une pause. J'ai vu que la Tanière Enchantée s'était volatilisée. Littéralement. Il n'y avait plus aucune trace de son existence.

— Ton père a dû le faire dans la nuit. Il voulait sûrement que cela soit fait le plus rapidement possible… Je ne voulais pas t'inquiéter encore plus alors j'ai attendu de te retrouver pour te le dire.

— Il a dû venir avec un nuage et absorber la totalité de la boutique… Je suis sincèrement désolée Karan. Notre refuge a disparu…

— Ne sois pas désolée, tu n'y es pour rien, murmura Karan, en lui caressant la joue. Je savais quoi faire. Je m'y étais préparé grâce à mon père et son père avant lui. Le plus important, c'est que j'aie réussi à récupérer nos livres préférés, regarde !

Et il sortit de sa sacoche *Voyage au cœur de la Forêt*

Émeraude pour le donner à Uma qui prit le livre et le serra contre elle.

Elle embrassa Karan, plus vite qu'elle ne put l'imaginer. Les joues empourprées, elle rangea le livre aussitôt dans son sac. Avant de leur faire part de son plan, Uma commença par s'assurer qu'ils avaient bien la même chose en tête. À la lueur de leurs regards complices, elle n'eut aucun doute.

Avant toute chose, ils devaient aider les habitants. Uma ne souhaitait pas les laisser dans l'ignorance, d'autant plus que certains commençaient déjà à montrer des doutes sur les derniers changements survenus dans le royaume. Elle décrivit son plan qu'ils retravaillèrent ensemble. Sa première étape allait bientôt commencer. Elle donna le feu vert à Albert pour l'amorcer.

Albert allait bientôt lancer la diffusion des nouvelles sur l'Histoire-Défilante et les Absorbe-Tête, comme d'habitude. De leur côté, Karan, Asha et Uma trépignaient d'impatience.

Enfin ! Le programme commença.

On put voir le souverain annoncer d'un air fat qu'à la suite des fouilles importantes lancées dans le royaume, le livre avait été retrouvé – Albert avait volontairement laissé défiler

la première information du roi. Les habitants pouvaient être rassurés : les livres avaient disparu d'Abondance pour de bon.

C'est alors que l'image laissa place à tout autre chose. Les habitants virent soudain s'afficher sur leurs écrans les visages inquiets de trois jeunes gens : c'était un Capture-Moment enregistré par Uma et ses amis. Le roi fit un bond.

Chers habitants d'Abondance, je sais que ces derniers jours ont été plutôt difficiles pour vous. La météo au sein du royaume a beaucoup changé. Le roi a retiré des jours de pluie et des journées nuageuses, deux boutiques importantes ont fermé et un livre a été découvert... Je ne vous cache pas que j'ai été très inquiète moi aussi en apprenant tout ça.

Mais, je vous dois la vérité...

Elle révéla ce qu'elle savait. Les nuages se faisaient rares, et le roi tentait de le cacher. Les livres avaient bien un pouvoir, mais pas celui que prétendait Paon. La librairie de son ami avait été purement et simplement supprimée, dans un acte odieux et arbitraire. Uma espérait que les habitants prendraient conscience qu'on leur mentait depuis toujours. Fou de rage, le roi Paon explosa.

– Com… Comment est-ce possible ?! ALBERT !!!

Trahi par sa propre fille. Sa propre fille, qu'il n'avait pas vue depuis plusieurs semaines ! Comment avait-elle réussi à accéder à ces informations ? Et comment

savait-elle pour la Tanière Enchantée ?

La première étape du plan était en marche. Uma avait semé une graine dans l'esprit des habitants, il ne manquait qu'une petite goutte d'eau pour la faire germer. Le message serait entendu par certains, peut-être pas par tous, mais une chose était sûre : ils avaient désormais toutes les clés en main pour comprendre.

Abondance, autrefois lieu de divertissement infini et d'opulence, avait perdu de sa superbe. Le roi Paon, le détenteur tout-puissant des nuages et de leur pouvoir, tombait de son piédestal. Pour sauver son royaume, il avait dû vider les réserves de leurs derniers nuages.

Les seuls qu'il restait se trouvaient dans le ciel des villages alentours. Il n'avait plus assez de puissance pour les rapatrier et les prendre. Tout son pouvoir s'effritait. Mais le roi ne perdrait pas la face si facilement : il devait parler à sa fille, lui faire comprendre les décisions qu'il avait été contraint de prendre.

Secoués par ce qu'ils venaient d'entendre, les habitants appelèrent à se rassembler devant le château du roi Paon. Ils entendaient lui demander des explications quant à l'avenir de leur royaume. Très rapidement, la cour du château fut remplie. En observant la scène de sa fenêtre, pour la première fois, le roi se sentait désemparé.

Il ne pouvait ignorer les questionnements pressants des habitants.

Il ne pouvait pas non plus leur révéler que ses pouvoirs s'étiolaient…

Il devait trouver une solution, et rapidement.

Chapitre 18
Le renouveau

Albert finit par rejoindre Uma et ses deux amis dans la chambre.

– Uma, vous devez vous douter que votre père est fou de rage suite à l'information que nous avons partagée. Il sait que vous êtes revenue. Le temps est venu pour vous de lui parler. Vous seule pourrez faire entendre au roi qu'Abondance ne peut plus continuer à exister de cette façon.

Albert avait raison. Uma savait qu'elle devrait confronter son père, tôt ou tard. Mais ces derniers jours avaient été si révélateurs des mensonges avec lesquels elle avait grandi qu'elle ressentait encore une profonde colère envers ses agissements égoïstes. Pire que la colère, il y avait le

s'était doucement installé dans le cœur d'Uma et l'empêchait de penser à son père avec calme. Le manque de considération des autres et l'importance qu'il avait accordée à sa propre personne déçurent Uma bien plus qu'elle ne l'avait jamais été.

Elle dû digérer ces différentes nouvelles et réalisait le décalage considérable entre les valeurs avec lesquelles elle avait grandi et celles qui l'animaient, endormies dans son cœur depuis trop longtemps.

Albert l'avait accompagnée jusqu'en haut des escaliers menant à la pièce des créations. Cela faisait plusieurs semaines qu'Uma et son père ne s'étaient pas vus ni parlé. Albert l'encouragea en posant sa main sur son épaule et frappa à la porte.

– Entrez, Albert. Entrez ! commanda le roi. Sa voix traduisait encore la rage qui l'envahissait depuis la diffusion des dernières informations.

– Bonjour, papa... Je suis rentrée.

Le roi fit volte-face.

– Uma ! Qu'est-ce qui t'a pris ? Pourquoi Albert a envoyé ça aux habitants ?! C'est une catastrophe ! Une véritable catastrophe ! disait-il en faisant les cent pas sans même venir l'enlacer.

– Je crois qu'il est temps de te rendre à l'évidence, ... Le modèle sur lequel tu as construit Abondance a fonctionné jusqu'à maintenant. Mais, aujourd'hui,

ce n'est plus possible…

– Je ferai tout ce qui est en mon pouvoir pour qu'Abondance demeure !

– Tout ce qui est en tout pouvoir ?! Quelle ironie ! Papa, tu vois bien que ton pouvoir a presque disparu… J'ai vu la statue, les boutiques qui fermaient… Comment comptes-tu faire ? Reprendre les nuages aux habitants, leurs biens qu'ils ont construits jusqu'ici ? Ou voler les nuages que tu as offerts aux autres villages pour qu'ils te laissent en paix ?

Pour la première fois depuis qu'elle le connaissait, le roi Paon ne répondait pas. Les poings serrés et le visage cramoisi, il réfléchissait ardemment à ce qu'il pourrait faire pour remédier à la disparition imminente de son pouvoir. Uma continua, expulsant la colère qui la rongeait depuis plusieurs jours maintenant :

– Je connais toute la vérité maintenant ! Je sais que maman est encore en vie ! Comment tu as pu me cacher ça ?!

Les larmes montaient pour expulser sa colère.

Le roi, malgré les émotions de sa fille, tenta de rester digne :

– Parfois, il faut savoir mentir pour protéger son enfant, ma fille. Il s'était arrêté de marcher, tourné vers elle. Je n'ai pas pu faire autrement. Si tu l'avais su, qu'aurais-tu choisi ? Une vie sauvage, au

milieu de cette forêt insalubre ou une vie confortable, où tu n'as manqué de rien ?

– Je n'en reviens pas ! C'est là que tu te trompes. Il se trouve que j'aurais choisi la vie dans la forêt. Ta folie créatrice et ta soif de pouvoir te poussent à t'isoler chaque fois un peu plus des humains. Et de moi ! Tu risques de tout perdre !

– Les gens qui refusent Abondance ne sont pas dignes des pouvoirs que j'ai partagés avec eux ! Si tu choisis de rejoindre ta mère, qu'il en soit ainsi. Ne reviens pas ici pour m'implorer de te léguer mes derniers nuages.

Uma était atterrée. À chaque parole, son père s'enfonçait davantage. Il tenait coûte que coûte à préserver ce qu'il lui restait de pouvoir. Elle comprit qu'il était vain de le faire changer d'avis. Leurs opinions étaient bien trop divergentes. Son royaume comptait plus que sa propre fille. Elle regrettait de s'être laissée aller à la colère. Cela n'avait rien changé et elle ne se sentait pas plus soulagée. Elle tenta de répondre plus détachée.

– De toute façon, je n'aurais pas pris tes nuages. Ils ne sont pas importants pour moi. À cause d'eux, tu ne te rends pas compte de tout ce qu'on peut faire sans. Tu es prêt à perdre ta propre fille, en plus de ta femme, pour préserver ton pouvoir et ton royaume ! Mais, un roi sans son peuple est-il encore un roi ?

Sur ces dernières paroles, Uma prit congé de son père. Même si elle ne s'attendait pas à le faire changer radicalement d'avis, la jeune fille pensait que, pour préserver Abondance, son père aurait pu entendre ses arguments. Contrairement à ce qu'elle avait espéré, son père s'obstinait davantage.

Malgré tout, elle se sentait plus légère d'avoir essayé et de lui avoir dit la vérité. Sa colère et son mépris commençaient à s'atténuer pour laisser place à une déception, un peu plus froide et détachée. Son père avait eu l'opportunité de repenser sa manière de diriger son royaume, peut-être même de se rapprocher d'elle et il ne l'avait pas saisie. Maintenant, elle ne pouvait plus rien faire d'autre si ce n'était parler au peuple qui attendait des explications. De vraies explications.

Le roi Paon ne se montrerait pas. Il n'irait pas s'adresser à eux tant qu'il n'avait pas trouvé de solution concernant la disparition imminente des nuages.

Le peuple était là, devant le château. Ils étaient de plus en plus nombreux à se rejoindre après la révélation d'Uma sur le Nuage-Partage. Uma, accompagnée d'Albert, Karan et Asha descendit pour les rejoindre. Les habitants furent surpris de ne pas voir le roi les accompagner. L'ambiance était bien différente de la cérémonie du Paon d'il y a plusieurs semaines. Tous semblaient inquiets ou agacés,

tentant de garder leur calme, leur Absorbe-Tête en main, prêt à capturer chaque moment du discours qui allait commencer.

Asha et Karan se lancèrent un léger regard. Juhi, l'inspireuse d'Abondance, se tenait devant la foule, attendant le moment opportun pour capturer le discours d'Uma.

Uma s'avança avec Albert. Elle devait être la plus claire possible, sans créer de mouvement de panique. Le peuple ne devait pas ressentir la colère qu'elle éprouvait encore à l'égard de son père.

– Bonjour à tous. Mon père ne sera pas présent pour s'adresser à vous ici. Il est en pleine création. C'est pour cela que je vais parler maintenant et tenter de répondre à vos questions. Je sais que vous devez avoir beaucoup d'interrogations après l'information que vous avez tous reçue aujourd'hui. Tout ce que j'ai dit est vrai. Et il est de mon devoir de vous en informer afin que vous puissiez choisir ce qui est le mieux pour vous. On a tous utilisé nos nuages et nos Absorbe-Tête autant de fois qu'on le voulait. Nous avons eu des loisirs à n'en plus finir, des distractions presque infinies. Mais, aujourd'hui, vous devez savoir que les nuages se font de plus en plus rares. Il n'y en a presque plus. Ce qui explique la disparition de la pluie, les chaleurs intenses et la fermeture des boutiques. Et ce n'est que le début. Le roi a utilisé la totalité de ses nuages. Il ne lui reste plus que les vôtres.

Et c'est à vous de choisir ce que vous voulez en faire.
Un habitant prit la parole.
— Qu'est-ce que nous pouvons en faire ? Si je comprends bien, nous n'avons pas beaucoup de choix... Les garder pour les utiliser jusqu'au bout et après ? Et si nous les donnons au roi, qu'en fera-t-il ?
— Je ne peux vous garantir ce qu'il adviendra de vos nuages si vous choisissez de les rendre. Ce qui est certain, c'est qu'il ne faut pas s'attendre à ce que cela améliore indéfiniment la situation... Il faut repenser Abondance, son modèle s'effondre. Il faut nous adapter pour ne plus dépendre de ces nuages. Mais, il y a une autre solution. En dehors du royaume, il existe des villages.

Uma continua, présentant aux habitants les différents villages alentours et leur manière de vivre. Elle était soulagée d'avoir été la plus transparente possible en leur présentant la situation actuelle et ce qui existait. La situation exigeait une prise de décision le plus rapidement possible.
— Tu n'aurais pas pu être plus claire ! l'avait encouragée Karan, avec un enthousiasme et une fierté non dissimulés.
La situation au château était très tendue depuis l'annonce d'Uma aux habitants, deux jours auparavant. Le roi n'adressait plus la parole à sa fille et Uma ne sortait de sa

chambre avec ses amis que lorsque cela était nécessaire. Ils avaient pris leur décision, discuté et pesé les solutions qui se présentaient à eux.

Aujourd'hui, ils en informeraient le roi, comme plusieurs habitants avant eux.

Car, depuis son annonce, quelques centaines d'habitants étaient venus faire part de leur décision de quitter le royaume. Ils n'avaient plus confiance en leur souverain et souhaitaient s'installer dans un endroit où ils pourraient apprendre à vivre en confiance. Ils avaient pris conscience que choisir de rester, d'utiliser leurs nuages jusqu'au bout, serait reculer pour mieux sauter.

D'autres ne s'étaient pas encore décidés et certains resteraient probablement aux côtés du roi par confort. Quitter ce modèle qu'ils connaissaient depuis toujours, malgré l'amoindrissement des loisirs et les chaleurs, leur semblait plus sécurisant que tout abandonner pour aller vivre ailleurs ou sans leur nuage.

Les sentiments d'Uma envers son père changeaient. Ces derniers jours avaient été l'occasion pour elle de se rendre compte du modèle dans lequel était enfermé son père. Le roi Paon en était prisonnier, encore plus que les habitants.

Le médaillon avait beaucoup aidé Uma à tenter d'y voir plus clair pour ne pas laisser la colère la ronger. Les

valeurs du cœur l'avaient aidée à prendre une décision qui serait bonne pour elle, sans nourrir sa colère envers lui. Elle se sentait en paix face à ce qu'elle allait lui annoncer.

Le roi Paon avait accepté de les attendre dans la salle de réunion du château. La pièce était petite, puisqu'elle n'accueillait habituellement que le roi et son majordome. Uma n'avait encore jamais eu l'occasion d'y entrer : son père disait qu'elle était trop jeune. Il les attendait, immobile et pensif. Tous les quatre entrèrent et s'installèrent autour de la petite table ronde. L'obscurité de la pièce accentuait la morosité ambiante installée dans le château.

— Papa, nous avons nous aussi pris le temps de réfléchir à la situation et ce que nous souhaiterions. Nous aimerions te partager ce que nous avons choisi.

Le roi était toujours mutique. Malgré sa fierté et sa volonté de détourner la tête, ses oreilles tendues écoutaient ce qui allait lui être annoncé.

— Albert, Karan, Asha et moi avons choisi de quitter Abondance. Nous te redonnerons les Absorbe-Tête et le pendentif. Après avoir découvert la forêt, je sais que ma place est là-bas. Nous avons bien réfléchi et nous aimerions te proposer quelque chose... Veux-tu venir avec nous ?

Le roi tourna sa tête et fixa les quatre compagnons. Il ne s'attendait pas à une telle proposition.

– Très bien, je vois. Je ne peux vous retenir. Mais sachez qu'un roi ne quitte jamais son royaume, même si celui-ci s'affaiblit. Avec les nuages que j'ai reçus et que je vais peut-être encore recevoir, il me reste suffisamment de pouvoir pour redonner un petit souffle à Abondance. J'ai bien réfléchi. Nous fermerons encore quelques boutiques. Je pense qu'après cela, Abondance pourra perdurer quelques temps.

– Mais, papa…

Uma se ravisa. Elle avait compris qu'elle ne pourrait lui faire quitter sa maison. Son esprit imaginait déjà de nouveaux projets à ne pas finir.

– Il faut juste que tu réalises que c'est temporaire. Il te faudra te réadapter, encore et encore, car les nuages que tu reçois finiront comme tous les autres par s'épuiser. Mais, si c'est ton choix, je ne peux pas te forcer à changer ta décision. Sache que tu seras toujours le bienvenu, quoi que tu décides, dans la Forêt Émeraude, si un jour tu as besoin d'un refuge.

Uma salua son père et l'embrassa. Cette embrassade avait un goût différent des autres. Un goût d'adieu.

Uma savait que son père n'était pas prêt à quitter Abondance. Et elle savait qu'elle ne pourrait plus vivre ici après tout ce qu'elle avait appris.

Les yeux embués, elle regarda son père qui tentait de dissimuler sa tristesse.

— Je te remercie pour le confort que tu m'as apporté ces années et l'amour que tu as tenté de me donner. Je ne peux pas tout pardonner, surtout tes mensonges mais je ne t'en veux plus. Je serai toujours disponible pour t'accueillir. Au revoir, papa.

Uma avait le cœur serré. Malgré tout ce qu'elle avait vécu et appris ces derniers jours, son père avait tenté de lui apporter ce qui lui semblait le mieux pour elle. En dépit de son égoïsme, Uma ne pouvait s'empêcher de penser qu'il avait de bonnes intentions. Elle espérait qu'il ouvrirait les yeux un jour pour les rejoindre.

Les Absorbe-Tête redonnés, leurs affaires prêtes, les trois amis et l'ancien majordome se tenaient devant le mur d'Abondance, prêts à quitter le royaume. Albert se retourna une dernière fois vers le château. Malgré tout, il se sentait reconnaissant d'avoir pu vivre là toute sa vie durant.

Asha prit le temps d'enregistrer une dernière fois cette image du royaume. Après avoir discuté longuement avec eux,

ses parents avaient choisi de rester aux côtés du roi Paon. Malgré sa tristesse de les quitter, elle ne pouvait plus rester ici. Sa place était aux côtés de son ami Karan, et d'Uma, avec qui elle souhaitait rassembler autant de livres que possible à l'image de ce qui l'avait menée là où elle était.

La tête d'Uma contre son épaule, Karan n'avait plus rien qui le retenait après la disparition de sa boutique. Il n'avait plus à se cacher. Ses livres dans son sac, le voilà qui était libre de les ouvrir où bon lui semblait, auprès de celle qu'il aimait. Une librairie ouverte à tous, sans avoir à la dissimuler, qui offrirait de belles rencontres à l'image de l'amour des livres qui les avait unis, voilà le rêve qu'il dessinait.

Uma regardait ce château dans lequel reposait la majorité de ses souvenirs et de sa vie. Elle était prête et déterminée à vivre avec ce qu'elle avait appris ces dernières semaines.

Elle n'aperçut pas son père, dissimulé derrière le rideau de la fenêtre, qui la regardait s'éloigner avec ses trois compagnons. Quelques larmes, discrètes, se mirent à rouler sur ses joues. Peut-être qu'elle reviendrait le voir. Ou peut-être qu'elle lui écrirait. Mais non, ça n'était pas le moment de flancher. Il avait pris sa décision. Il devait continuer à maintenir Abondance du mieux qu'il le pouvait et, peut-être qu'un jour, sa fille et lui se retrouveraient.

Uma avait choisi de ne pas emprunter le sentier le plus

rapide que lui avait montré sa mère mais son premier chemin.

Celui qui l'avait guidée jusqu'à elle. De cette manière, ses trois amis pourraient découvrir ce qu'elle avait vécu en repassant par chacun des lieux qui lui avait ouvert le cœur et l'esprit. Son chemin n'était pas tracé d'avance. Il s'était construit à mesure des rencontres et des opportunités qui lui avaient été offertes.

À leur tour, Karan, Asha et Albert s'apprêtaient à dessiner le leur. Leur liberté débutait en même temps que leur cœur les appelait.

Bonus
Tu es là où tu dois être

*À tous ceux qui cherchent encore leur place,
à la manière d'Uma et de ce petit Nuage Gris.*

Il y avait un pays surnommé le pays des Mille Visages. On le surnommait ainsi car, comme son nom l'indiquait, il avait mille visages. Allant de la plaine la plus plate et ses herbes broussailleuses au sommet enneigé de la Haute Montagne, tous les paysages de ce petit pays étaient aussi beaux les uns que les autres. Les habitants des Mille Visages aimaient se baigner dans les eaux bleues et profondes de ses lacs et mers, se promener parmi les chênes et bouleaux des forêts ou encore marcher le long des sentiers à flanc de montagne.

Mais voilà qu'un jour, une grande tempête de pluie s'abattit sur ce pays. Il y eut tellement d'eau que les lacs et mers se rejoignirent, les forêts de chênes et bouleaux furent

emportées et les pieds des montagnes inondés.

La tempête de pluie emporta tout sur son passage et les habitants durent se réfugier sur les flancs et les sommets de la Haute Montagne.

Après des jours sans lumière, les habitants appelèrent le Soleil en chœur:

– On a trop froid ! On a trop d'eau ! On en a assez de la pluie !

Le Soleil arriva pour leur venir en aide. Grâce à la chaleur qu'il dégageait, l'eau fut vite évaporée et les terres commencèrent à sécher. Grâce à sa lumière, l'eau recula et les lacs et mers reprirent leur place.

Les arbres de la forêt commencèrent à repousser et devinrent aussi grands qu'ils l'avaient été auparavant.

Le flanc des montagnes put respirer de nouveau.

Le Soleil sauva le pays. Les habitants étaient si heureux de retrouver leur pays qu'ils demandèrent au Soleil de ne plus jamais partir. Face au paysage diluvien qui s'offrait à lui, le Soleil accepta fièrement. Il invita ses amis les nuages blancs à surveiller et protéger le pays des Mille Visages et ses habitants pour que cette harmonie retrouvée puisse continuer aussi longtemps que le Soleil serait présent.

Parmi les nuages qui le rejoignirent, il y eut Nuage Gris. C'était l'eau qu'il portait qui lui donnait cette couleur. Il était heureux de pouvoir apporter un peu de pluie au pays. Le Soleil était ravi de pouvoir l'avoir à ses côtés parmi les nuages

blancs pour lui permettre d'apporter un peu d'eau à tous.

Nuage Gris commença par s'installer au-dessus de la Haute Montagne, parmi les nuages blancs. Le Soleil s'était doucement poussé pour lui laisser plus de place. Sitôt posé au-dessus du sommet, le petit nuage laissa s'échapper une douce pluie. Les gouttes d'eau eurent à peine le temps de se poser sur le sol et dans les rivières que les habitants ordonnèrent à Nuage Gris de partir :

– Ta place n'est pas au-dessus des montagnes, nous n'avons pas besoin de toi ! L'eau de la rivière nous est suffisante et la chaleur du Soleil nous permet à tous de nous baigner.

Alors, attristé, il s'en alla.

Nuage Gris survola la forêt de chênes et de bouleaux.

La vue du ciel qu'offrait cette forêt était somptueuse. La cime des arbres que pouvait apercevoir le petit nuage ressemblait à ses semblables, doux et légers. Lorsque la pluie commença à se glisser parmi eux, les arbres semblèrent se redresser pour apprécier la fraicheur que leur offrait Nuage Gris. Cela ne dura pas car d'autres habitants arrivèrent et imposèrent à Nuage Gris de quitter la forêt :

– Les arbres ont déjà de l'eau grâce à celle qui coule de la montagne et s'infiltre dans le sol. Nous avons besoin de la chaleur du Soleil, c'est tout !

Alors, peiné, il s'envola.

Nuage Gris parcourut l'océan. Cet endroit était si

Nuage Gris parcourut l'océan. Cet endroit était si immense qu'il ne savait pas où s'arrêter. Il trouva une jolie place, juste au-dessus du bord de mer. A son arrivée, le sable se refroidit et sembla s'apaiser, les vagues s'élevaient ; elles étaient heureuses de pouvoir avancer. Les habitants, au bord de la mer, étaient furieux et imposèrent à Nuage Gris de s'en aller :

– Nous ne voyons plus l'eau parmi ce ciel gris et la chaleur du sable ne nous permet plus de nous y poser ! Le Soleil, lui, nous réchauffe le sol et éclaire le ciel !

Alors, désemparé, il s'éclipsa.

Nuage Gris se posa au-dessus des cultures des habitants. Cet endroit sentait si bon ! Le petit nuage était si apaisé qu'il laissa la pluie se déverser sur les cultures. L'eau les effleura et les plantations se mirent à onduler délicatement au rythme de la pluie. Les habitants se précipitèrent vers Nuage Gris et lui imposèrent de disparaître :

– Le soleil fait grandir nos plantations plus qu'il n'en faut ! Ta présence n'est pas nécessaire.

Alors, découragé, il s'effaça.

Les habitants se réjouissaient de pouvoir retrouver le Soleil, sa lumière et sa chaleur. Nuage Gris n'était toujours pas revenu dans le pays des Mille Visages.

Les jours et les nuits passèrent sans qu'une goutte de pluie ne vienne effrayer ou contrarier les habitants.

Nuage Gris avait bel et bien disparu.

Au fur et à mesure du temps, la chaleur du Soleil assécha l'eau de la montagne si bien que la rivière ne pouvait plus se déverser dans la vallée et la forêt.

Les chênes et les bouleaux se couchèrent, tant ils avaient soifs. La forêt commençait à disparaître. Sa chaleur était si intense que l'océan et ses vagues se retirèrent, laissant le sable et ses habitants seuls. Les plantations se racornirent. Les habitants n'avaient plus de quoi se nourrir. Ils n'avaient plus d'eau, plus de nourriture. L'eau avait disparu du pays si bien qu'ils commencèrent à regretter Nuage Gris. Ils l'appelèrent en chœur :

– Nuage Gris, on a trop chaud ! On a trop soif ! On en a assez de la chaleur !

En réalité, le petit nuage n'avait pas disparu. Il s'était assoupi depuis tout ce temps, fatigué et accablé d'être rejeté par les habitants. L'appel des habitants parvint bientôt jusqu'à lui. En se réveillant, le petit nuage n'en cru pas ses yeux ! Le paysage qui s'offrait à lui était un véritable désastre. Les habitants, honteux, supplièrent Nuage Gris de revenir.

A l'aide du Soleil et des autres nuages, Nuage Gris s'installa au-dessus des cultures des habitants, parcourut l'océan, survola la forêt de chênes et de bouleaux et s'installa au-dessus de la montagne. La pluie qui se déversa sur tout le pays fit revivre chaque paysage ; les habitants purent à

nouveau retrouver leur nourriture, boire et profiter des paysages que leur offraient leur pays.

Nuage Gris était comblé et rempli de joie. Il avait enfin trouvé sa place dans le ciel, il était là où il devait être.

Et toi, où es-tu à présent ?

Notes

Ici, tu peux garder trace des mots, des phrases, des paragraphes que tu as préférés et que tu souhaites retenir, à la manière du carnet d'Uma.

Remerciements

À mon mari, qui me soutient dans chacune de mes aventures littéraires depuis le début.
À mes filles, pour qui, je l'espère, cette histoire restera un condensé des bonheurs simples mais essentiels que la vie nous offre. Pour que vous suiviez votre propre chemin, et non celui tracé par les autres.
À ma famille, pour leurs encouragements et leur présence.
À Nella, qui, à chacune de nos collaborations, magnifie mes mots et mes idées.
À vous, qui me suivez depuis mes débuts ou qui découvrez ce livre, puisse cette histoire vous accompagner sur votre chemin pour le rendre plus lumineux.

243

Table des matières

PARITE I: LA NOUVELLE CREATION
Chapitre 1: L'histoire d'Abondance..............................Page 10
Chapitre 2: Le jour de la cérémonie...........................Page 24
Chapitre 3: La Cérémonie du Paon............................Page 40
Chapitre 4: Un étrange cadeau..................................Page 50

PARTIE II: LA RICHESSE DU TEMPS
Chapitre 5: Le Temps-Suspendu................................Page 66
Chapitre 6: Au Fil du Temps......................................Page 78
Chapitre 7: Les leçons du Temps..............................Page 88

PARTIE III: LE MOTEUR DU COEUR
Chapitre 8: L'inspireuse d'Abondance ....Page 104
Chapitre 9: Les fleurs d'Agapé.................................Page 114
Chapitre 10: Coeur-Ouvert.......................................Page 124
Chapitre 11: Le livre interdit....................................Page 136

PARTIE IV: L'INSTANT PRÉSENT

Chapitre 12: Le musée des Souvenirs......................Page 150

Chapitre 13: Le Soleil-Levant..................................Page 162

PARTIE V: L'APPEL DE LA FORÊT

Chapitre 14: La trahison..Page 176

Chapitre 15: Les retrouvailles.................................Page 186

Chapitre 16: Un endroit idyllique............................Page 198

Chapitre 17: Retour à Abondance............................Page 210

Chapitre 18: Le renouveau.......................................Page 220

Bonus: Tu es là où tu dois être................................Page 234

Notes..Page 240

Remerciements..Page 244